W0418407

Ossoble

Geblieben ist nur Liebe

EDITION OCTOPUS

Für meine geliebte
Tochter Mariam

Ossoble, »Geblieben ist nur Liebe«
© 2009 der vorliegenden Ausgabe: Edition Octopus
Die Edition Octopus erscheint im
Verlagshaus Monsenstein und Vannerdat OHG, Münster
www.edition-octopus.de
© 2009 Martina Ossoble

Alle Rechte vorbehalten
Umschlag & Satz: Markus Behnisch
Lektorat: Frank Kukat
Foto: Jacob Sokoll

Druck und Bindung: MV-Verlag

ISBN 978-3-86582-817-0

»Wir glauben, dass etwas uns Freude bereiten wird, aber wir haben keine Ahnung, wie es wirklich ausgehen wird. Wir glauben, etwas würde uns Leid bringen, aber wir wissen nichts. Dem Nicht-Wissen Raum zu geben, ist das Wichtigste. Ständig versuchen wir, Dinge zu tun, von denen wir annehmen, dass sie uns helfen werden, aber Gewissheit haben wir nicht. Niemals wissen wir, ob wir auf den Hintern fallen oder auferstehen. Auch wenn wir eine große Enttäuschung erleben, können wir nicht wissen, ob das tatsächlich das Ende der Geschichte ist. Vielleicht ist es der Anfang eines großen Abenteuers.«

Pema Chödrön

Verliebt

Ich habe mich verliebt. In den schönsten Mann, den ich je gesehen habe. Sein geschmeidiger, edler Körper ist mit braunem Samt überzogen. Wenn er lacht, entblößt er eine Reihe strahlend weißer Zähne, die vor Gesundheit nur so strotzen. Seine elegante Kraft lässt mich Mund und Augen aufsperren. So irre ich seit Tagen mit verblödetem Blick durch den Englischen Garten, an der Isar entlang, in Kaufhäuser rein und wieder raus. Ich lerne die Lektion eins der Liebe noch einmal von vorn. Fatima, eine hochgewachsene schöne Somali, hatte sich in der Dämmerung eines erwachenden Morgens auf die rötlich-beige Erde gehockt und Abdulcadir geboren. Und dieser Mann steht jetzt hier in München mit ausgebreiteten Armen vor mir und meint mich. Ausgerechnet mich.

Der nette ältere Herr, der täglich mit seinem Dackel durch den Englischen Garten spaziert, bleibt vor meiner Lieblingsbank stehen und fragt mich, warum ich seit Wochen so glücklich aussehe. Verlegen antworte ich ihm, es sei nichts, nichts Besonderes, während ich stumm lächle und denke: »Weil er MICH meint, verstehen Sie, MICH!« Der Herr lächelt zurück und spaziert weiter. Ich döse ein. Kleine lilafarbene Punkte tanzen vor meinen geschlossenen Augen. Wie aus einem kaputten Lautsprecher klingt das Stimmengewirr um mich herum. Ich muss an den kleinen Bahnhof meiner Heimatstadt denken. An die lange Bank, die draußen stand. An meine erste Liebe. Wie scheu ich doch war. Und immer wieder dieses Gefühl von: nicht gut genug. Nicht schön genug. Nicht genug. Es hatte sich einen festen Platz zwischen Bauchnabel und Ansatz der Schambehaarung gesucht, passte problemlos in die zur Kralle geformte rechte Hand. Uralt, ebenso vertraut, schwer wie ein Stein. Erschrocken öffne ich meine Augen wieder. Es ist spät geworden. Im Park sieht man nur noch vereinzelt Spaziergänger. Ich schlendere nach Hause. Der absurde Versuch, mich mit den Augen meines Geliebten zu betrachten, treibt mir das kindlichste Lachen, das ich je hatte, zurück in den Bauch. Endlich bin ich nicht mehr so verloren. Ich tanze auf der Agnesstraße, drehe mich an der Straßenecke, blicke in den nächtlichen Sternenhimmel, weine unhörbare Tränen. Das Glück hat mich endlich gefunden. Hier in München fällt leise der erste Schnee. Abdulcadir wärmt mich und schenkt mir noch einmal das Leben.

Es war so leicht, diesen Mann zu lieben. Er nahm mich an die Hand und ließ mich vergessen, dass ich eigentlich nie ganz sicher gewesen war. Dass ich mich immer für irgendetwas hatte entschuldigen wollen. Dass ich fast immer hatte weglaufen und flüchten müssen – zurück in die kühle Sicherheit meiner Einsamkeit. Er hob mich wie einen kleinen Zwerg vorsichtig über den Zaun meiner Scheu, hinein in den blühenden Garten meiner Lust. Dort vergaß ich mich und alles um mich, wenn ich ihn liebte. Wenn ich meine erdige Kraft hemmungslos in die Welt hinausrief, meine eigene Weiblichkeit gebar. Wenn ich unverschämt mit meiner Breitbeinigkeit spielte und ihn mit meinen prallen Brüsten zum schwarz-weißen Spiel einlud. Es war wild und still zwischen uns. Ich ließ mir die Augen verbinden und tapste wie ein junger Hund hinter ihm her, begann vorsichtig, seiner Zärtlichkeit zu vertrauen. Das erste Mal in meinem Leben nahm ich mein Herz in die Hände. Es pochte heftig, als ich es zwischen meinen zitternden Fingern hielt.

Dunkelrot floss das Blut an den Unterarmen entlang und tropfte vom Ellenbogenknöchel auf den nassen Asphalt. Ich war bereit, ihm mein Herz zu schenken.

Kalte Nacht

In einer kalten Winternacht klingelte es Sturm an meiner Tür. Ich hatte lange am Schreibtisch gesessen, als das Klingeln mich zusammenzucken ließ, und ich merkte, dass ich ein wenig fror. Mit der hellblauen Strickjacke, die ich mir über die Schultern gehängt hatte, ging ich zum Fenster und sah runter auf die schneenasse Straße. Im Haus gegenüber brannte nur noch in einer Wohnung Licht. Die alte Dame schien immer erst sehr spät schlafen zu gehen. Manchmal sah man sie noch nach Mitternacht mit einer Teetasse in der Wohnung hin- und herlaufen. Das schnarrende Geräusch der Klingel, das mal kurz, mal lang, dann wieder ganz lang und danach nur wie angetippt ertönte, beendete in dieser Nacht meinen kleinen Ausflug ins Paradies.

Abdulcadir kam völlig betrunken die Treppe hochgepoltert. Mein Herz klopfte mit hundertfacher Geschwindigkeit und schien durch den Hals entkommen zu wollen, als ich ganz langsam auf ihn zuschlich und versuchte, den Mann wiederzufinden, in den ich mich verliebt und dem ich zu vertrauen begonnen hatte. Aber er ließ mich nicht an sich heran, sondern fletschte die Zähne wie ein böses Tier und schlug um sich. Seine Beleidigungen, haltlosen Beschuldigungen und Vorwürfe donnerten wie ein Gewitter aus weiter Ferne durch den kleinen Raum. Ich beobachtete ihn, wie er zum Kühlschrank ging, eine Flasche Bier öffnete, wie er den Kronenkorken wütend neben den Mülleimer warf, einen Schluck nahm, sich verschluckte, mit der rechten Hand den Schaum von den Lippen wischte. Der Schnürsenkel seines Turnschuhes war auf. Es sei wohl besser, wenn er sich erst einmal ausschliefe, hörte ich mich vorsichtig und mit trockenem Mund sagen. Und es sei doch alles gut. Er solle sich nicht ärgern lassen. Morgen sähe die Welt schon wieder ganz anders aus. Wütend spuckend und schreiend, dass alles sowieso keinen Sinn habe und dass er nicht mehr wiederkommen würde, verließ er polternd das Haus und schlug die Glastür laut hinter sich zu. In den Wohnungen gingen die Lichter an. Der Neger macht Ärger.

Ich brachte die Flasche in die Küche, goss den Rest des Bieres in den Abfluss, ließ ein wenig Wasser nachlaufen. Dieser gottverdammte Geruch sollte aus meiner Küche verschwinden. Mit schweren Knochen setzte ich mich zurück an meinen Schreibtisch und saß dort bewegungslos viele Stunden. In der frühen Morgendämmerung schrieb ich in meine Kladde: »Stille und Zärtlichkeit und Liebe, die einen in Sicherheit bringen, sind was für's Kino. Da nehmen wir gern auf roten Samtsitzen Platz und lassen uns für ein paar Euro füttern mit den Bildern, die der Phantasie und Sehnsucht eines sentimentalen Filmemachers entspringen. So halten wir uns bei Laune und laufen unser Leben lang hinter der fahrenden Straßenbahn her, den Griff, an dem wir uns hochschwingen könnten, immer zehn Zentimeter vor den Fingerspitzen.« Das Schlimme in dieser Nacht war mein bitteres, irres Lachen, das mit dem Finger auf mich zeigte und mich zynisch fragte, was ich eigentlich geglaubt hätte. Einen albernen Moment lang hatte ich es wirklich geglaubt.

Das kann doch mal passieren

Abdulcadir hatte an besagtem Tag nicht viel gegessen. Die Mittagspause war sehr kurz gewesen und das Baguette, das er sich morgens noch schnell geschmiert hatte, hatte langweilig geschmeckt. Und dann hatte er Abdi und Mustafa getroffen und die beiden waren schon leicht angetrunken gewesen. Mustafa hatte Post aus Mogadischu bekommen und sich gefreut, dass es seinem Vater endlich besser ging, dass das Geld angekommen war und dass seine Schwester bald Mutter werden sollte. Das musste man sich mal vorstellen! Die kleine Göre Amina, der doch vor kurzem erst die Milchzähne ausgefallen waren, sollte nun selbst Mutter werden! Mustafa hatte sie seit zehn Jahren nicht mehr gesehen. Sie hatte ihm ein Foto geschickt, auf dem sie der ganzen Welt und Bruder Mustafa voller Stolz ihren runden Bauch präsentierte. Dieser hatte das Foto mehrfach geküsst. Na, wenn das kein Grund zum Feiern war. Abdulcadir hatte viel zu schnell getrunken, und dann hatte nach Mitternacht noch einer von den Thekengästen Geburtstag gehabt und eine Lokalrunde Schnaps ausgegeben. Happy birthday, lieber Rudi. Happy birthday to you! Und dann hatte es noch eine Runde gegeben und noch eine. Und das alles auf quasi nüchternen Magen und nach einem harten Arbeitstag. Und Abdulcadir war sehr verliebt in mich und hatte eine Riesenangst, mich wieder zu verlieren. Er befürchtete, dass ich es auf Dauer nicht aushalten würde, mit einem Schwarzen über den Markt zu gehen und die verächtlichen Blicke hinter meinem Rücken zu spüren. Die Verantwortung, die er damit einging, drohte ihn jetzt schon zu erdrücken. Ich war doch noch so jung.

Wie ich seine Schrift liebte. Und wie schön ich seine Sprache fand. Er wusste, dass ich Briefpapier mag, besonders, wenn es zum Umschlag passt. Er nahm meine Hände, die an schlaffen Armen hingen, sah sofort, dass ich geweint hatte. Er berührte zärtlich meinen Hals, küsste meine Lippen. Schmunzelnd brachte er meine zerzausten Haare in Ordnung. Wie wunderbar er roch. Energielos ließ ich es zu, dass er mir die Jacke vorsichtig über die Schultern zog. Der Träger des dünnen Hemdchens fiel auf den Oberarm. Er berührte meine Brüste. Ich ließ den Kopf in den Nacken fallen und stöhnte auf.

Die Prüfung

Ich hatte mich zur Aufnahmeprüfung an einer Schauspielschule angemeldet. Deshalb war ich nach München gekommen. Aber als die Reihe an mich kam, flüchtete ich. Danach irrte ich stundenlang verzweifelt durch den strömenden Regen. Welche Frauenrollen soll ich eigentlich spielen? Wer glaubt einer so Schlaksigen wie mir denn wohl die Kunst der Verführung? Die politische Intrige – in Hemdsärmeln? Und für die großen alten Damen bin ich doch noch viel zu jung. Ich hab keine Löwenmähne, durch die ich lasziv mit den Fingern fahren könnte. Meine Haare sind kurz wie ein Stoppelfeld. Und ich kenne auch Jean und Richy und Marek nicht, von denen die schönen Mädchen hier so schwärmen und bei denen sie angeblich schon vorgesprochen haben. Ich hatte nie Ballettunterricht und kann nicht Klavier spielen. Ich komme aus Dorsten. Aus dem Schülertheater der Ursulinen. Habe im Abitur eine »Rede über den Schauspieler« bearbeitet. Was zum Teufel mache ich hier eigentlich? Wie konnte ich so vermessen sein zu glauben, ich hätte auch nur den Hauch einer Chance? Ich kann meinen Kopf nicht auf dem Knie meines ausgestreckten rechten Beines ablegen, kann nicht theatralisch laut aufstöhnen und meine Schuhe klackern nicht auf dem Linoleumboden des Schulfoyers. Lippenstifte sind mir unheimlich. Warum nur hat mich die Übellaunigkeit meiner Schauspiellehrerin nicht abgeschreckt? Warum habe ich mir das angetan: den teuren Privatunterricht bei einer, die mich seit drei Monaten am langen Arm sterben lässt? Für Geld, das ich mühsam in einer Spülküche verdiene. Ich hatte sie immer wieder gefragt, ob ihr mein Spiel gefallen würde, und immer hatte sie so seltsam mit dem Kopf hin- und hergewackelt. Ein einziges Mal nur hatte sie gelächelt. Am Unterrichtstag kurz vor der Prüfung sagte sie plötzlich, dass ich begabt sei. Kraftvoll. Ungewöhnlich. Ungestüm. Ja, sie benutzte tatsächlich das Wort »ungestüm«. Dass ich etwas Unschuldiges habe und viel Witz. Dass ich aber sehr gut auf mich aufpassen müsse und mich nicht verlieren dürfe. »Du musst es schaffen, für einen Augenblick dein Hemd aufzureißen und deine Zerbrechlichkeit zu zeigen«, sagte sie an unserem letzten Tag fast zärtlich zu mir. »Zeig ihnen für eine Sekunde deine Verletzungen.«

Mit halbem Herzen und tief traurig schrieb ich mich zum Wintersemester an der Universität ein, verdiente nachts mein Geld fürs Studium und bemühte mich wirklich, eine gute Studentin zu sein. Im Grunde aber verachtete ich mich zwischen all den Theaterwissenschaftlern und Germanisten für meinen fehlenden Mut und meine Halbherzigkeit. Ich gehörte nicht dorthin.

Fremd vertraute Welten

In diesem Moment der Verwirrung trat Abdulcadir in mein Leben. Er berührte mich sehr tief, an einem Punkt, der über mein Alter und mein Leben hier weit hinausgeht. Ich weiß, wie verrückt das klingt. Als ich ihn traf, habe ich gestaunt über seine fremdartige, exotische Schönheit, hab voller Freude gelacht über den Klang seiner Sprache, mit Misstrauen die Spuren seiner muslimischen Erziehung beäugt. Ich war verrückt danach, von ihm berührt zu werden, liebte die Albernheiten und Obszönitäten, die er mir auf Englisch und später Italienisch ins Ohr flüsterte, wenn ich mich hingebungsvoll an ihn schmiegte. Ich bewunderte seine unglaubliche Klugheit, das Tempo, mit dem er Dinge erfasste, seine tiefe Ernsthaftigkeit, sein politisches Engagement, seinen Sinn für Gerechtigkeit. Ich liebte seinen Humor und lachte oft noch ausgelassen, wenn ich nach meinen wöchentlichen Besuchen schon längst wieder allein im Zug von Padova nach München saß.
Und obwohl ich nie zuvor mit Afrikanern zu tun hatte, erkannte ich etwas wieder. Es hat mit Erde zu tun, mit dem tiefen Klang einer Trommel und mit einem Kontakt, der sich ohne jeglichen Schnörkel zwischen einem Herzen und einem Herzen ereignet. Als ich die Somalis und damit auch andere Afrikaner kennenlernte, breitete ich meine Arme aus und holte tief Luft. Seltsamerweise war es, als käme ich nach einer langen Reise wieder nach Hause. Unsere gemeinsamen Essen und Treffen und Tänze eröffneten mir ein Feld, auf dem ich mich so sicher bewegte, wie ich mich nie zuvor mit Menschen bewegt hatte. Ich war in einem neuen, vertrauten Element angekommen. Ich liebte es, wenn sie meinen Namen sagten,

riefen, sangen und dabei verspielt das »R« rollten. Wenn sie mich in den Arm nahmen oder bei der Hand, wenn sie ihre langen Arme um meine Hüften legten oder als Zeichen von Übereinstimmung mitten in einer Diskussion aufsprangen und mir die Hand schüttelten, als hätte ich gerade den Nobelpreis gewonnen. Ich liebte es, wenn sie das, was ich gekocht hatte, mit größter Konzentration aßen und auch noch das letzte Reiskörnchen sorgfältig von der großen Platte fischten. Wenn sie mir einen öligen Kuss aufdrückten und begeistert »Mahazenit Marrrrtina!« riefen. Ich liebte es, wenn sie für mich kochten und in den meist winzigen Küchen ein unfassbares Tohuwabohu veranstalteten. Es ging zu wie auf einem afrikanischen Basar. Die Ecken waren vollgestopft mit Einkaufstüten, mit Säcken von gutem Reis, mit Sträußen von glatter Petersilie, mit Lammfleisch, Gemüse, Obst, Wasser, Säften. Einer schnitt, ein anderer schnippelte, der Dritte rührte, der Vierte deckte den Tisch, der Nächste lag in der Ecke und lachte. Einer spulte pausenlos einen alten leiernden Recorder zurück und fand die Stelle, die er uns unbedingt vorspielen wollte, nie. Einer sang, einer klatschte, einer mahnte zur Ordnung. An diesen Abenden dampfte und qualmte und roch es wunderbar nach fremden Gewürzen, deren ungewöhnliche Farben noch lange nach der Mahlzeit die Holzschneidebrettchen schmückten. Ich wunderte mich über die Eigenart, alles – Reis und Fleisch, Salat und scharfe Soßen und Rosinen und sogar Bananen – zusammen zu essen und keinerlei Trennungen vorzunehmen. Es war einfach köstlich! Das bunte Miteinander der unterschiedlichsten Lebensmittel machte auf eine mir ungewohnte Weise satt und froh, weil alle Sinne gleichzeitig angesprochen wurden und es an nichts fehlte.
Es war so einfach mit ihnen, leichtfüßig zu sein. Ich liebte die Eigenart der Somalis, Menschen Spitznamen zu geben.

So hieß einer, der sich als Kind die Hand verbrannt hatte, übersetzt »Hassan Handschuh«, weil er seitdem einen weißen Handschuh trug. Oder ein anderer hieß »Baschir Eselsgebiss«, weil sein Gebiss tatsächlich dem eines Esels glich. Ich liebte unsere ernsthaften Diskussionen, unsere langen Geschichten-Abende, die saublöden Albernheiten, die zarte »Poesie aus dem Lande der Punta«, die sich so anderer Bilder und Begriffe bediente, als ich sie kannte. Ich liebte die Stillen, Besonnenen unter ihnen, die lasen und beteten. Die man abends allein am Ufer des Indischen Ozeans sitzen sah. Und ich liebte die wilden, die tobenden, klatschenden, tanzenden und singenden Wüstenkinder, die man auf dem Schwarzmarkt fand. Noch heute öffnet sich jedes Mal mein Herz, wenn ich in Berührung komme mit dieser erdigen Urenergie.

Aber auch diese Geschichte hat ihre Kehrseite. Auf der einen Seite ist da meist der schwarze Mann, der keine ausreichende Gelegenheit hatte, sich seiner Wurzeln zu besinnen und die oft verheerenden Zustände in seinem Land wirklich zu verarbeiten. Zudem wird er schon früh von Coca-Cola und europäischen Hochschulen gelockt und es wird ihm vorgegaukelt, das sei die neue Zeit, in die man entschlossen springen müsse, wenn man wirklich etwas Sinnvolles für sein Land tun wolle. Er kommt, viel zu dünn bekleidet, im Winter in Frankfurt an und kann nicht wissen, wer er im Land der Weißen eigentlich sein soll. Die Damen freuen sich über die Ankunft eines Mannes, dessen Körper nicht an der Gürtelschlaufe endet. Die sexuell frustrierten Herren stellen Mutmaßungen über seinen Schwanz an, der ja beim Neger an sich immer gigantisch sein soll. Und allesamt staunen sie, wenn sie feststellen, dass er in seiner unüberdachten Dorfschule nicht nur gelernt hat, ein paar

Buchstaben auf ein Blatt Papier zu krakeln, sondern dass er ein brillanter Mathematiker und gleich mehrere Sprachen zu sprechen und zu schreiben imstande ist. Er begreift, dass er schleunigst eine zweite Ebene installieren muss. Dass es brandgefährlich ist, wenn er einfach so mit seinem unschuldigen Herzen durch die weiße Welt tapert. Er versteht nicht, dass er angeblich nie persönlich gemeint sein soll mit den vielen verächtlichen und rassistischen Blicken und Bemerkungen, wenn es um Ausländer geht. Oft versteht er es aber nur zu gut, dass genau er gemeint ist. Er beginnt irgendwann, seine Brüder und Schwestern zu verherrlichen, die nie in ein Flugzeug gestiegen und im Land geblieben sind. »Die besten Somalis sind die, die nie ein Buch in die Hand genommen haben«, sagte Abdulcadir einmal traurig und wusste, dass es ein großer Unsinn war. Er hatte begriffen, dass er in dem Moment, in dem er das Flugzeug Richtung Europa bestiegen hatte, unwiederbringlich etwas verloren hatte, spürte schmerzhaft seine eigene Entfremdung – hier wie dort. Er ahnte, dass er in Europa als »Der Neger« sterben würde, und nahm dann in seiner Heimat mit Fassungslosigkeit wahr, dass seine Kleidung, seine Bewegungen, seine Denkweise und alles, was er sagte und wie er es sagte, einfach nicht mehr in das Dorf seiner Vorfahren passen wollte.

Und auf der anderen Seite ist da die weiße Frau, die angezogen wird von seiner exotischen Schönheit, von brauner Samthaut, von einer kraftvollen Erotik und Herzlichkeit, die direkt aus seinem Zentrum kommt. Sie kann sein Herz fühlen, wenn er ihre Mutter gleich mit der größten Selbstverständlichkeit »Mama« nennt und diese fest umarmt. Sie bewundert seine Klugheit und Überlebensfähigkeit, ist bereit, alles für ihn tun, ihn zu schützen und zu verteidigen, und sie wirft sich wie eine Löwenmutter vor ihn, wenn er in ihrer kalten Welt draußen beleidigt, beschimpft und bedroht wird. Sie läuft mutig und stolz, Hand in Hand mit dem Geliebten, durch die Stadt, bereit, nicht von seiner Seite zu weichen, auch nicht, wenn der Hass plötzlich sie selbst trifft und zur »Niggerhure« abstempelt.

Sie schämt sich für die rassistischen Entgleisungen ihrer Landsleute, und auf einer sehr subtilen Ebene schämt sie sich auch für das, was hier an Unsäglichem in Deutschland passiert ist mit denen, deren Augen zu dunkel leuchteten. So kreiert sie sich ihre eigene kleine Welt, in der Schwarz und Weiß friedlich miteinander leben und sich lieben dürfen. Sie will Wiedergutmachung und provoziert mit dem schwarzen Mann an ihrer Seite bei Familienfeiern ganz bewusst den Teil der Verwandtschaft, der eine militärische Vergangenheit aufzuweisen hat oder sich durch besondere Verdrängungsfähigkeiten oder Gedächtnislücken auszeichnet. Sie bemerkt das Befremden und die Vorsicht beim Umgehen der aufgestellten Fettnäpfchen und die ganz besondere Konzentration, mit der man lieber auf die gemischten Fleischplatten und das interessante Leipziger Allerlei starrt als in die unergründlichen Augen des eingeheirateten Muselmanen. Auf die Bestätigung ihres düsteren Verdachtes muss sie jedoch oft viele Jahre warten, so lange, bis die Stalingrader Ehrengarde die Kontrolle verloren und sich selbst den Maulkorb runtergerissen hat, um endlich ungehindert sagen zu können, dass Adolf so etwas sicher nicht geduldet hätte.

Italia – mi‘ amor

Nicht weit von meiner Wohnung im Norden Münchens entfernt gab es eine große Bäckerei, die ihre Filialen in der ganzen Stadt hatte. Dort kannte man mich und wusste, dass ich mich in chronischer Geldnot befand und gut einzusetzen war für Arbeiten aller Art. In München war nun die Pflaumenkuchenzeit angebrochen und ich hatte die ehrenvolle Aufgabe, in aller Herrgottsfrühe körbeweise gewaschene Pflaumen zu entsteinen und auf ausgerollte Hefeteige zu legen. Dabei werden die Hände fast schwarz und lassen sich nur schwer wieder reinigen. »Was zum Teufel machen Sie eigentlich mit Ihren Händen?«, hatte mich eines Tages einer meiner Profs lachend gefragt. »Waschen Sie Ihre Hände in Tinte oder arbeiten Sie nebenbei als Totengräberin?«

In dieser Bäckerei lernte ich Abdulcadir kennen. Man bat mich, bei der Übersetzung seines Vertrages behilflich zu sein. Abdulcadir studierte im Norden Italiens Agrarwirtschaft und wollte sich bei einer dreimonatigen Tätigkeit in München Geld für sein Examen verdienen. Sehr aufrecht und dabei unglaublich lässig, mit einer Zigarette im Mundwinkel, stand er vor mir und schmunzelte über mein eifriges Bemühen, den deutschen Vertrag ins Englische zu übersetzen und dabei möglichst keinen Fehler zu machen. Noch nie hatte ich so einem Mann gegenübergestanden. Er war von unglaublicher Präsenz, sehr charismatisch, mit einer umwerfenden Stimme. Ein Strahlemann mit gemaltem Gebiss und knackigem Hinterteil. Er las stapelweise italienische Zeitungen, Politmagazine und Bücher mit Eselsohren. In den Frühstückspausen begann er, mit mir regelmäßig zu plaudern.

»Sprichst du Italienisch?«, fragte er mich eines Tages auf Englisch. »Nein, nein,« stotterte ich, wie ich immer ein wenig stotterte, wenn er mich ansprach. »Du solltest es lernen. Italienisch ist wunderbar und es passt hervorragend zu dir. Das ist eine Sprache für dich.« »Warum?«, wollte ich wissen. »Weil du lebendig bist und viel Phantasie hast. Weil du erzählen und übertreiben kannst. Weil du mit den Händen sprichst und ein offenes Herz hast.« Puh. Das nenne ich ein Kompliment. Ach, was sage ich, eine Salve von Komplimenten. Längst schwärmte ich heimlich für diesen Mann, der mir jedoch unerreichbar vorkam. Er schien mich also auch zu mögen.

Ein paar Wochen später belegte ich einen Italienischkurs an der Uni in München. Den Grammatikteil unterrichtete eine etwas spröde deutsche Lehrerin, den praktischen Sprachteil eine wunderschöne, reife Italienerin aus dem Süden, eine von der Sorte mit engen Röcken, schlichten Wollpullovern und erstklassigen, eleganten Schuhen. Italienisch war für mich sozusagen Liebe auf das erste Wort. Ich war begeistert davon, das »R« zu rollen, große Gesten zu machen – und zwar unabhängig davon, ob ich schon sprechen konnte oder nicht. Um es zu lernen, brauchte es eine Haltung, eine innere Einstellung von: »Ja, da will ich mitreden!« Ich lernte die Sprache sehr schnell, und wenn ich anfangs auch hanebüchene Fehler machte, die Abdulcadirs Locken zum Stehen brachten, so wurde Italienisch zu »unserer« Sprache, die wir bis zuletzt gesprochen haben und die von keiner anderen Sprache, nicht einmal von meiner Muttersprache, die er ebenfalls sehr schnell lernte, verdrängt werden konnte.

Monatelang nahm ich jeden Freitag um elf den Nachtzug nach Padova und verbrachte meine Wochenenden vor allem im Norden Italiens. Abdulcadir war der beste Reiseführer, den man sich nur denken kann. Er lebte seit vielen Jahren in seinem geliebten Italien, beherrschte die Sprache perfekt und kannte sich in allen Regionen und Belangen dieses Landes erstklassig aus. Abdulcadir sah voller Freude meine kindliche und überschwängliche Begeisterung und Liebe für dieses Land. Manchmal saß er stundenlang neben mir und beobachtete mich lächelnd, wie ich neugierig spähte, staunte, schwärmte, mich förmlich überschlug vor durchgedrehter Euphorie. »Du ahnst nicht, was für ein großes Glück du für mich bist!«, sagte er und nahm mich zärtlich in den Arm. »Ich glaube, ich bin auch gerade erst angekommen.« Ich war so glücklich in Italien. Hier war ich goldrichtig. Hier war ich weder zu laut noch zu euphorisch, hier war es unmöglich, zu laut oder zu euphorisch zu sein. Italien machte mir ein Geschenk, das ich bis heute wie einen kostbaren Schatz hüte: das Geschenk, mitten in meinem eigenen Herzen angekommen zu sein.

Ich liebte dieses schnelle, manchmal viel zu laute Gebrabbel. Fußballreportagen im Radio. Das unfassbare Palaver, das schon zwei Italiener auf einer nächtlichen Straße zu veranstalten imstande sind. Ich liebte ihre sprechenden Hände, ihr Augenzwinkern, ihren ausgelassenen Humor. Liebte ihren Ernst, ihr politisches Bewusstsein, ihre Kommunisten und ihre saufreche Art, auf Autoritäten zu pfeifen. Ich liebte ihre einfache und grundehrliche Küche, il fuoco lento, auf dem sie mit großer Hingabe kochen. Die Begeisterung und Leidenschaft, mit der sie ihre köstlichen Speisen beschreiben. Ihre Gastfreundschaft. Das kleine Glas gekühlten Weißweins, das man mittags schon trinkt und auf einem alten Fass abstellt. Das dreieckige Weißbrot, das in Vitrinen unter rot-weiß-karierten Tüchern frisch gehalten wird.

Den Duft von Kaffee am Morgen und die kleinen, ein wenig zu süßen Teilchen mit Crema. Ich liebte es, wie sie artikulieren und mit den Augen sprechen, ihr Schnalzen und wildes Gestikulieren. Die Märkte mit den großen Schinken und gerupften Hühnern, mit den Limonen und Melonen. Ich liebte ihr gnadenloses Gemecker und Gehupe im Verkehr und wenn sie fluchen wie die Pferdekutscher. Ich liebte ihre kleinen Orte auf dem Land und ihre wunderschönen Städte. Und ganz besonders liebte ich ihr atemberaubendes Rom. Ich liebte die kleinen Bars mit den zahnlosen Partisanen und die großen Bars mit den schönen Italienerinnen, die in der Mittagssonne ihre schönen Beine übereinanderschlugen. Ich liebte ihre Schuhgeschäfte und ihre Sonnenbrillen, ihre Angeberei und Kokettiererei, ihr Getue und Gehabe, ihre maßlose Übertreibung und Theatralik, ihre unberechenbaren Streiks und Züge mit 300 Minuten Verspätung, ihre großen Zuckerdosen und schweren Aperitifgläser, ihre 4000 verschiedenen Regierungen nach dem Krieg. Ja, ich neigte dazu, ihnen selbst noch die Mafia zu verzeihen.

Katmandu

In den Semesterferien arbeitete ich in einem Münchener Ingenieurbüro. Man kannte und schätzte mich dort und freute sich, wenn ich für einige Wochen beim Falten der Pläne und sonstigen anfallenden Büroarbeiten aushalf. Eines Nachmittags klingelte im Büro der Sekretärin Steinfellner das Telefon und aufgeregt kam sie zu mir gelaufen und sagte, da sei ein Herr für mich am Telefon, der nur Englisch spräche und mich dringend sprechen müsse. Abdulcadir. Irgendetwas war passiert. Er hatte seinen freien Tag. Ich ließ den langen Plan vom Tisch gleiten und stürzte umgehend ins Büro. In wenigen Worten erklärte er mir, dass er in großen Schwierigkeiten sei und dringend vierhundert Mark brauche. Ich solle nicht fragen. Er würde mir später alles erklären. Ich solle jetzt sofort kommen. Ich war fassungslos. Was konnte nur passiert sein? Auf jeden Fall brauchte er meine Hilfe. Sofort ging ich zum Büro des Chefs, klopfte an und bat diesen ohne Umschweife um einen Vorschuss und um eine einstündige Pause. Beides bewilligte er mir, wenn auch befremdet. Ich sah, wie er seinem Impuls, mich nach den Gründen zu fragen, widerstand. Mit dem Geld in der Tasche stürzte ich zum Bus und fuhr zur Münchener Freiheit. Schon von Weitem sah ich Abdulcadir in einer Gruppe von Männern stehen, vorwiegend Afrikanern und einem asiatisch aussehenden Mann. Er winkte, als er mich sah, nahm mich zur Seite und ließ sich unauffällig von mir das Geld geben. »Was ist denn passiert?«, fragte ich ihn mit klopfendem Herzen. Es stellte sich heraus, dass er dem jungen Asiaten, sie nannten ihn Katmandu, Geld schuldete, das er beim Kartenspiel verloren hatte.

Dieser wollte seine Leihgabe nun umgehend zurück. Ein Streit drohte zu entbrennen. Ich sah Abdulcadir genau an und merkte, dass er betrunken war. Innerhalb kürzester Zeit hatte sich die Gruppe aufgelöst, Abdulcadir mir einen Kuss aufgedrückt und war verschwunden. Ich stand da, als hätte ich gerade das Ungeheuer von Lochness gesehen. Das konnte ja wohl nicht wahr sein. Er rief mich an, ließ mich Geld leihen und es ihm bringen, um seine Spielschulden zu zahlen. Vierhundert Mark, mehr als mein Bafög damals ausmachte. Und er war um halb drei nachmittags betrunken. Langsam fuhr ich zurück in mein Büro, erfand eine wilde Geschichte, die Frau Steinfellner noch lange beschäftigte, und arbeitete fleißig in vielen Überstunden den Vorschuss ab. An diesem Nachmittag erfand ich meine erste Lügengeschichte für Abdulcadir. Die Falle war zugeschnappt.

Etwas fehlt

Drei Uhr, zwischen Verona und Padova. Schwerfällig ruckelte der Zug durch die schwarze Nacht. Ich hatte meinen Kopf auf den altmodischen weißen Bezug gelegt, der über das Kopfteil gespannt war. Noch immer spürte ich meinen Puls, der sein Tempo an die Aufregungen des Tages angepasst hatte. Aber langsam döste ich ein und ließ die Bilder in meinem Kopf vorbeiziehen. Die gute Frau Steinfellner mit ihren Wünschen und sorgenvollen Blicken. »Kind, Kind,...« hörte ich sie noch sagen, und obwohl sie nie über ihre zwei-, in schwierigen Fällen gar dreimalige Anrede hinwegkam, hatte sie die Gabe, es so zu sagen, dass das »Kind« jedesmal genau wusste, auf welchen Ratschlag es wohl diesmal hinauslaufen würde. Christinas Tränen am Bahnhof. Ich sorgte mich schon lange um die unglückliche Weggefährtin. Seit ihrer Liebe zu dem selbsternannten Literaten verlor sie mehr und mehr die Kontrolle über ihr ohnehin chaotisches Leben. Mit ausgefransten und schmuddeligen Pulloverärmeln wischte sie sich die Tränen ab und verschmierte dabei den Rest der Wimperntusche über das pikkelige Gesicht. Unfreiwillig musste ich an meinen hämisch grinsenden Vermieter denken. Sicher war er in den letzten Tagen vollauf damit beschäftigt gewesen, eine Nachfolgerin für mich zu finden und ihr sofort die halbe Miete abzuknöpfen, obwohl ich für den ganzen Monat bezahlt hatte. Vermutlich saß sie schon auf einem der wackeligen Stühle und schluckte bei dem Gedanken daran, an drei Tagen der Woche für die Kohleöfen zuständig zu sein. Und Irene – die Frau, für die nur die Bezeichnung »Weib« passend schien – mit ihren roten Locken und gewaltigen Brüsten, die sie absichtlich aus zu kleinen Büstenhaltern quellen ließ. Sie war ständig verliebt und hatte ein riesengroßes Herz, in dem mir längst ein fester Platz sicher war. Mit einem lauten »Ich liehihibe dich!« hatte sie mir am letzten Abend im Weinkeller ihre Arme um den Hals geschlungen und mich dabei mit ihren knallroten Lippen schmatzend geküsst.

Erinnerungsfetzen aus den letzten Jahren. Ein Sonntagmorgen im Winter. Spaziergang an der Isar. Allein. Gerade eine Liebesgeschichte beendet und mit Tränen in den Augen der Sonne entgegengeblinzelt. Tiefer Schmerz und das köstliche Gefühl neugewonnener Freiheit. Danach mit heißem Kakao zurück ins Bett. Kerzenlicht. Weihnachten im Schnee. »G'schichten aus dem Wienerwald« mit der hinreißenden Birgit Doll, die in der Kirche den lieben Gott wieder und wieder fragt, was er bloß mit ihr vorhabe.

Mir fehlte etwas. Die Leichtigkeit, diese rotwangige Aufregung und das Strahlen, mit dem man wohl zu seiner Hochzeit fahren sollte. Die Sicherheit, dass es gut gehen wird. Mir fehlte Gottes Antwort auf meine Frage, was er bloß mit mir vorhabe. Ich bestellte mir am Bahnhof einen Espresso und rührte für das bisschen Zucker viel zu lange in der kleinen Tasse. Der Mann, für den ich in ein paar Tagen meinen Namen ändern wollte, winkte mir lachend vom Zeitungsstand aus zu und gestikulierte, dass er sich noch kurz etwas zu lesen besorgen wolle. Mein Gott! Dieser herrliche Kerl würde mich heiraten. Eines Tages hatte er mit Lippenstift auf meinen Spiegel geschrieben, dass er mich liebte. Ich war aufgewacht und hatte noch im Halbschlaf die Zahnpasta in meinem Mund aufgeschäumt, als ich die Liebeserklärung im Spiegel entdeckte. Eine ganze Weile waren Tränen der Rührung über mein blasses Gesicht gerollt und hatten den Zahnpasta-Schaum auf mein T-Shirt tropfen lassen.

Wie ein edles Raubtier bewegte er sich zwischen den Zeitungsständern hin und her. Ich dachte an unsere erste Begegnung. Daran, wie seine tiefe, sonore Stimme sofort eine Saite in meinem Unterleib zum Klingen gebracht hatte. An unsere erste gemeinsame Nacht im frisch bezogenen Bett. Den ganzen Tag lang hatte ich an ihn denken müssen und mir eingeredet, dass das Bettenbeziehen nicht das Geringste mit der anstehenden Verabredung zu tun hätte. Ich lag damals neben ihm und berührte seine samtige Haut mit der Vorsicht und Ehrfurcht, mit der man in Museen antike Statuen berührt. Ich konnte nicht mehr sprechen und zitterte wie ein kleiner Pinscher im Winter. Er war der erste Mann in meinem Leben, der mich wirklich berührte. Und er hatte die markantesten Lenden, die ich je anfassen durfte. Ich schloss meine Augen, atmete durch und stellte mir vor, dass er nach frisch geputzten Zähnen und Zigaretten schmecken würde. Er kam auf mich zu und küsste mich leidenschaftlich. Ich griff unter seinen Pullover und fuhr mit meinen Händen über den weichen Rücken. Wie absurd Küsse doch sind. Ich musste an unseren allerersten denken. Dieser Bruchteil einer Sekunde, in der sich zwei Menschen begegnen, die nichts voneinander wissen und dennoch glauben, ihr ganzes Leben lang aufeinander gewartet zu haben. Die die Ewigkeit fühlen und doch auch schon ahnen, dass ihr Glück vergänglich sein könnte. Die in der Sekunde, in der sich ihre Zungenspitzen berühren, beten, dass damit nicht schon das Heiligste entweiht sein möge. Wir verließen den Bahnhof und schlenderten Arm in Arm durch den kühlen Regen. Ich war müde und fühlte mich zerbrechlich und verwundbar. Mühsam schluckte ich meine Tränen runter. Diesmal meinte das Schicksal es ernst.

Matrimonio

Am 16. Juli 1981 heirateten wir vor dem Standesamt im norditalienischen Padova. Ich erinnere mich, dass die Standesbeamtin »Caretta Lina« hieß. Am Abend zuvor hatte ich beim Bügeln das hellblaue Hochzeitshemd und das Bügelbrett und den halben Teppich im Studentenwohnheim in Brand gesetzt, während Abdulcadir bei Severino seinen Durst löschte.

Natürlich fragte ich mich, ob die Guten Geister und Feuerhexen sich möglicherweise die Mühe gemacht hatten, mir bis nach Italien zu folgen und mich ein letztes Mal zu warnen. Ich sah sie, wie sie um das nächtliche Feuer tanzten, sich verzweifelt die zerzausten Haare rauften und sich fragten, was um alles in der Zauberwelt sie noch für mich tun sollten. »Sie ist ein wirklich hartnäckiger Fall!«, begann die Oberhexe und die anderen nickten besorgt. »Wirklich, wirklich...!,« grummelte es über den Feuerplatz. »Wir werden es ihr überlassen!«, schlug endlich ein mächtiger Guter Geist vor und lächelte dabei sanft. »Ja, wir müssen es ihr überlassen.«, wiederholte die zarteste und klügste aller Feen flüsternd und tanzte ein letztes Mal ums Feuer.

So besorgten ein völlig verkaterter Ehemann und seine irritierte Gattin in spe am nächsten Morgen ein neues Hemd, indem sie den Besitzer des Geschäftes, den der Ehemann kannte, in aller Herrgottsfrühe herausklingelten. Marcello fluchte und schimpfte wie ein Rohrspatz, fuhr sich durch die pechschwarzen Locken, gähnte, kratzte sich den Rücken, gestikulierte wild in der nebligen Morgenluft und verkaufte uns dann schmunzelnd und voller guter Wünsche ein neues hellblaues Hemd. »Ihr seid verrückt!«, schrie er hinter uns her. »Habt ihr gehört: Verrückt! Pazzi! Siete pazzi!« Abdulcadir und ich nahmen uns fest bei der Hand und fühlten Liebe, Angst und die stumme Last unserer bisherigen Leben, als wir »Ja« zueinander sagten und es tatsächlich aus ganzem Herzen so meinten. Wir waren zwei heimatlose Kinder, die nach Hause wollten.

Rom

Endlich! Nach einer langen Zeit hatte ich zum ersten Mal wieder drei Tage in Rom verbracht und behaupte unzulässigerweise bis heute, dass Europa nichts Schöneres aufzuweisen hat. Unzulässig deshalb, weil ich nur einige der anderen Städte kenne. Einer Schwärmenden sei dies jedoch erlaubt, denn jede Verliebte darf im Rausch der Gefühle ihren Liebhaber als den besten der Welt preisen, und niemand käme ernsthaft auf die Idee zu glauben, sie kenne die Liebhaberqualitäten der restlichen männlichen Weltbevölkerung. Der Aufenthalt war, wie sich herausstellen sollte, ein würdiger und angemessener Auftakt zu einer unglaublichen Reise, die ich in dieser Nacht allein antrat.

Malinwaanaxan Afrika

Ich hatte die Entfernungen völlig falsch eingeschätzt und geglaubt, mit der Zwischenlandung in Kairo bereits den größten Teil der Reise hinter mich gebracht zu haben. Stundenlang überflogen wir nun schon die rötlich-beigebraune afrikanische Erde, die in der Morgendämmerung zu glänzen begonnen hatte. Ich sah auf die Uhr und erwartete irritiert, dass sich die hin und wieder sichtbaren winzigen Punkte unter mir, die Hütten und Zelte zu sein schienen, in Hochhäuser wandeln würden. Schließlich peilten wir die Hauptstadt des Landes an, und bis zur Landung würden es nur noch wenige Minuten sein. Eine flache Baracke mit viel Sand drumrum, ein Schild, auf dem handgekrakelte, von der Sonne verblichene Lettern den »Aeroporto« kennzeichnen sollten, und Barfüßige, die auf unser Gepäck warteten, waren das somalische Pendant zu dem, was ich von Düsseldorf, Frankfurt und Rom kannte.

Am Absperrungszaun drängten sich Menschenmassen, die neugierig unser Flugzeug erwartet hatten. Ich vernahm singende, johlende, sprechende und lachende Frauen-, Männer- und vor allem Kinderstimmen, Klatschen, Scharren, Surren, Klirren, Schnalzen, allerlei verrückte, undefinierbare Geräusche, und es roch wunderbar nach Salz und Meer.

Müde, verschwitzt und unsicher kämpfte ich mich durch das Getümmel und war froh, als ich meinen Koffer in Empfang nehmen konnte, an dem ich mich auf eine etwas alberne Weise festklammerte. Er war das einzige Stückchen Vertrautheit in dieser geheimnisvoll unbekannten Welt, die mich anzog und gleichzeitig beängstigte. Ich suchte nach

Abdulcadir. Er war schon drei Wochen vor mir nach Somalia geflogen und würde mich doch sicher abholen. In Europa war es immer ein Leichtes gewesen, einen farbigen Menschen an einem Bahnhof oder in einer Menschenmenge zu erspähen. Aber hier?

Ich stand durstig und schwitzend vor dem Flughafengebäude und sah mich hilflos in alle Richtungen um, als plötzlich ein Riese mit ausgestreckten Armen in die Hände klatschte und laut meinen Namen mit imposant lang gerolltem »R« rief. Hagi Omar, mein Schwiegervater. Das musste Hagi sein. Vorsichtig ging ich auf ihn zu. Er trug ein langes weißes Gewand, eine kleine weiße Kappe und Ledersandalen. Hagi sah umwerfend aus, ein Mann mit einer Größe von zwei Metern sieben, mit einem einnehmenden Strahlen zwischen leuchtend weißen Zähnen, eine beeindruckende, überaus attraktive Erscheinung. »Meine Tochter!«, rief er auf Italienisch, »Herzlich willkommen, meine Tochter!«, und nahm mich in seine gigantischen Arme. Ich schloss meine Augen und fühlte mich geborgen wie in Abrahams Schoß. Er sah mir schnurgerade ins Gesicht und versicherte mir, dass mir hier nichts passieren könne und dass ich mich hier unter seinem persönlichen Schutz befände. Ich zweifelte keine Sekunde an der Ernsthaftigkeit seiner Worte und legte mich noch einmal in seine gigantischen Arme. Nie zuvor in meinem Leben hatte mir ein Mann so sehr das Gefühl gegeben, beschützt zu sein. Und ich kann mich nicht erinnern, es später noch einmal in dieser Form empfunden zu haben.

Müde setzte ich mich neben ihm ins Auto und blieb lange sprachlos. Ich spürte, dass Hagi mich nicht aus den Augen ließ und dabei wohlwollend lächelte. Nichts erinnerte mehr an Europa, ich bewegte mich auf völlig fremdem Terrain. Mir schien es, als besuche ich nicht nur einen anderen Kontinent, sondern einen anderen Planeten. Die Uhren tickten hier anders, meine gewohnten Zeit- und Raumvorstellungen schmolzen in der warmen Luft dahin. Im Bauch fühlte ich eine merkwürdige Beklommenheit, die mir deutlich signalisierte, dass hier andere Spielregeln galten, Regeln, die ich nicht kannte. Draußen vibrierte das Leben. Junge, alte, gesunde, behinderte, verkrüppelte, schleppende, tanzende, singende, lachende, schimpfende, verliebte, gebückte, starke, schwache, mutige und wunderschöne Menschen bewegten sich zwischen Autos, Fahrrädern und Tieren vorwärts oder saßen, lagen, knieten, standen, kauerten, lungerten, dösten oder schliefen vor bunt bemalten Geschäften und Häusern. Der Verkehr war ein einziges Chaos und die Ampeln und Verkehrsschilder ganz unübersehbar der vollständig missglückte Versuch der Kolonialherren, europäische Ordnungsprinzipien zu installieren, die hier niemanden wirklich zu interessieren schienen. Völlig überfüllte Busse, auf deren Dächern Fahrgäste saßen, preschten durch die Stadt, und die Frauen hielten gefüllte Tücher oder Gefäße aus den Fenstern, um den Platz im Innenraum zu sparen. Überall standen riesige Palmen, deren Grün einen schönen Farbkontrast zu dem dominanten Rötlich-Beige-Braun der afrikanischen Erde darstellte. Zusammen bildeten die Farben eine herrliche Grundierung für die Farbvielfalt der Häuserfassaden und gewickelten Stoffe.

Die Eindrücke sind nie mehr so frisch, intensiv und unverfälscht sinnlich wie im allerersten Moment. Ganz schnell gewöhnen sich unsere Sinnesorgane an Neues, und allzu schnell verblasst der unbeschreibbare Reiz des Fremden unter dem einsetzenden Gewöhnungsprozess. Dennoch speichert unsere Seele mit ihrem gigantischen Fassungsvermögen jeden Geruch, jede Farbe, jeden Ton und jedes Gefühl bis in alle Ewigkeit. So kann es passieren, dass wir Jahre später plötzlich, angeregt durch eine winzige Kleinigkeit, ein ganzes Szenario wieder vor uns sehen, und alle Gefühle präsent sind wie in der ersten Sekunde des Entdeckens. Eine Erfindung, die uns ohne unser Dazutun jederzeit dem Himmel wie auch der Hölle ein Stückchen näherbringen kann.

Abdulcadir wartete schon auf mich. Ich sprang aus dem Auto und lief auf ihn zu, küsste und drückte ihn stürmisch und beschoss ihn mit einer wilden Mischung aus Deutsch, Englisch und Italienisch. Ich schlug vor Mitteilungsdrang förmlich Purzelbäume und merkte nicht, wie alle Verwandten da standen und sich kugelten vor Lachen über das für sie abenteuerlich klingende Gebrabbel, das da aus meinem Mund geschossen kam. Ich gestikulierte wild, riss die Augen auf und konnte mich für eine ganze Weile einfach nicht mehr beruhigen. »Darum liebe ich sie!«, fiel Abdulcadir in meine Tirade. »Versteht ihr mich jetzt? Darum liebe ich sie.« Ich hatte die Herzen aller im Sturm erobert mit meiner ungezähmten Freude und Begeisterung.

Zeinab

Die Märkte und Basare sind ein wahres Spektakel, das sich kaum beschreiben lässt. Was die Faszination auch hier ausmacht, ist die Mischung der verschiedenen Zutaten: Tausende von Farben und Klängen, Lebensfreude neben Armut, Schönheit und Krankheit, Anmut und Verrücktheit, Erotik und Tod, orientalische Verspieltheit und streng reglementiertes Geschäftsgebaren, leuchtendes Gold in düsteren Ecken, Kitsch neben Kostbarem, verschleierte Gesichter und entblößte Brüste. Alle Zutaten werden in einen großen Topf geworfen, und, ohne dass sie zerkochen und als undefinierbarer Brei enden, entsteht daraus ein köstliches, gekonnt gewürztes Gericht mit unverwechselbarem Geschmack.

Ich schlenderte allein durch die kleinen Gassen, in denen Inder, Chinesen, Araber, Somalis und Afrikaner aus anderen Ländern alles Mögliche verkauften. Parfums, Leder, Stoffe, Kleidung, Schmuck, Früchte, Töpfe und alles, was man zudem für westlich und damit modern hielt. Ich staunte über die Fingerfertigkeit und das Talent, mit denen Menschen, am Boden sitzend und mit nichts als ihren Händen und einer Handvoll Material Unglaubliches schafften. Ich beneidete die Frauen um ihre samtige Haut, die Geschmeidigkeit, mit der sie ihre Becken bewegten, und um ihre beeindruckende Schönheit und Anmut. Ich beobachtete kluge, mitunter gerissene Händler, die ihre Geschäfte abwickelten, und Kinder, die sich als Vollwaisen in den Straßen durchschlugen, indem sie den wenigen Weißen kleine Dienstleistungen wie Taschetragen oder Autoaufpassen anboten.

In einem kleinen Eckgeschäft entdeckte ich eine Ledertasche, die mir sehr gut gefiel, und ich betrat den Laden, um nach dem Preis zu fragen. Zunächst konnte ich niemanden sehen, bis ein freundliches junges Mädchen mich auf Italienisch ansprach. Ich muss sie für einen Augenblick angestarrt haben (sie erinnerte mich an jemanden), denn sie wiederholte ihre Frage, ob ich Italienerin sei. Ich verneinte gedankenversunken, bis eine große breite Frau den Vorhang beiseite schob und auf mich zukam. Jetzt fiel es mir ein! Die beiden erinnerten mich an Ali, einen alten Freund aus Italien. Das Mädchen sah ihm ähnlich, aber der Frau, die jetzt auf mich zukam, war er wie aus dem Gesicht geschnitten. Sie mussten etwas miteinander zu tun haben. Im Laufe des Gespräches stellte sich tatsächlich heraus, dass ich vor Alis Mutter und Schwester stand. Die Frau, die vorher so stark und beeindruckend vor mir gestanden hatte, sank jetzt weinend auf einem Stuhl nieder und griff nach meinen Händen.

Ali lebte in Florenz und war der begnadeteste Trommler, Tänzer, Sänger, Komiker und Geschichtenerzähler, der mir je in meinem Leben begegnet ist. Er war ein Naturtalent. Alles, worum sich Schauspielschüler und Musiker angestrengt bemühen, was sie studieren, trainieren und manchmal auch mehr oder weniger beeindruckend präsentieren können, beherrschte Ali, ohne sich dessen bewusst zu sein. Er schien die Schwerelosigkeit erfunden zu haben, und Gott hatte bei seiner Menschwerdung ganze Kübel voll Phantasie und künstlerischem Talent über ihm ausgeschüttet. Aus jedem Geräusch, was einigermaßen rhythmisch wiederkehrte, komponierte er Lieder, erfand zu kleinen Alltäglichkeiten ganze Geschichten, die er vortrug, bis jedem seiner Zuhörer Tränen der Freude oder Rührung über die

Wangen liefen. Er hatte die Unbeschwertheit eines Kindes, eine uralte, empfindsame Seele, war außerordentlich intelligent und ein sehr aufrechter und schöner Mann mit einem kristallklaren Blick.
Ich hatte ihn Jahre nicht mehr gesehen, als er plötzlich in Rom vor mir stand. Ich war erschrocken, weil er unglaublich verändert aussah. Ali wirkte ernst und nachdenklich, und es versetzte mir einen Stich, so etwas wie Trauer und Müdigkeit in seinen Augen zu entdecken. Gradlinig, wie es seiner Art entsprach, redete er nicht lange drumrum und beantwortete meine Frage, wie es ihm ginge, mit einem klaren »male«. Wir setzten uns in ein Café und Ali erzählte mir, dass er etwas verloren habe. »Das Verrückte daran ist, dass ich nicht einmal weiß, was es ist,« sagte er. »Es ist wie eine fortschreitende Krankheit, die ich nicht mehr stoppen kann. Ich lache und singe immer seltener, mir fällt einfach nichts mehr ein. Und manchmal, und das ist das Schlimmste, fühle ich nichts mehr!« Dabei füllten sich seine dunkelbraunen Augen mit Tränen. Er erzählte mir, dass er immer öfter von seiner Mutter träumen würde und sie vermisse wie nie zuvor in seinem Leben.
Jetzt stand ich vor ihr, und das ebenmäßige Gesicht glänzte von den vielen Tränen. Sie erhob sich langsam und stellte sich aufrecht vor mich hin. Ich hatte mich häufig, wenn ich Ali in früheren Jahren gesehen hatte, gefragt, welche Frau diesen herrlichen Kerl wohl geboren hatte. Nun wusste ich es.

Zeinab war wunderschön. Ihr schmaler edler Kopf ruhte auf einem hochgewachsenen breiten Körper, der in seiner prachtvollen Fülle Urweiblichkeit ausdrückte. Diesen attraktiven Körper hatte sie in rot-schwarze Stoffe gehüllt, und am Oberkörper erlaubte der nicht mehr ganz so fest

gewickelte Stoff beim Vorbeugen einen Blick auf ihre prallen Brüste. Ihr Hinterteil war gigantisch, dennoch wirkte sie ausgesprochen leicht und beweglich. Ihre Ohrläppchen und schlanken Finger waren geschmückt von gelb-goldenem feinem Schmuck. Die gesamte Ausstrahlung war eine Mischung aus Mütterlichkeit, weiblicher Stärke und knisternder Erotik. Ich hatte noch nie einer solchen Frau gegenübergestanden. Sie weinte unaufhörlich und ließ die Tränen auf ihren gewaltigen Busen tropfen.
Ich wusste, dass sie mich nach Ali fragen würde, und ich hatte Angst vor dieser Frage. Nicht nur, dass ich keine gute Lügnerin bin, diese Frau sah so aus, als könne sie in meine Seele blicken und würde sofort selbst den Hauch einer Unaufrichtigkeit spüren. Ich versuchte mich rauszuwinden mit »Wohl ganz gut« und »Ich habe ihn lange nicht gesehen«. Wie befürchtet wurde sie ganz ruhig und sagte in ihrer tiefen Stimme: »Ich spüre, dass es ihm nicht gut geht. Er ist krank. Mein geliebter Ali hat mich nie vermisst, aber jetzt tut er es. Ich möchte, dass Sie ihm sagen, dass ich jede Nacht von ihm träume und um seine Nöte weiß. Ich werde ihm Kraft schicken.«

Diese Frau, die ich vor ein paar Minuten kennengelernt hatte, war mir plötzlich vertrauter als meine eigene Mutter. Sie zog mich vorsichtig hoch und schloss mich fest in ihre Arme. Ich fühlte mich an ihrer Brust geborgen wie ein Säugling und atmete ihren einzigartigen Geruch tief in mich ein. Mit einer unbeschreiblichen Zärtlichkeit strich sie über meinen Kopf und ich spürte, dass sie auch um meine Nöte wusste. Ich schämte mich nicht und öffnete ihr stumm mein Herz.

Ein Augenblick puren Glücks

Vor Mogadischu lag ein gigantisches italienisches Schiff, das zum Fischfang und zur direkten Verarbeitung auf See ausgerüstet war. Es war hypermodern, mit den neuesten Kühlanlagen ausgestattet, an Bord eine große Crew von Mitarbeitern, die eine Zeitlang ihr Leben auf dem Wasser verbrachten und zwischen Somalia und Italien pendelten. In einer Bar hatten wir den Kapitän kennengelernt: Francesco, einen wunderschönen und blitzgescheiten Neapolitaner mit einem ansteckenden Lachen. Nach ein paar Minuten schon sah ich, wie sehr sich Abdulcadir über diese Begegnung freute. Wir tranken Kaffee zusammen und Francesco lud uns ein, mit ihm auf seinem Schiff zu essen. Er pries seinen sizilianischen Chefkoch und behauptete, dass wir danach für jeden Besuch in einem Fischrestaurant verdorben wären, wenn wir erst einmal eingetaucht wären in die neue Dimension, er sprach von »Dimension«, die Silvio mit seinen Kochkünsten eröffnen würde. Am Tag darauf sollten wir gegen Mittag an Bord kommen.

Ich wartete schon eine ganze Weile, als Abdulcadir kam, der in der Stadt noch etwas zu erledigen gehabt hatte. Ich beobachtete ihn, wie er aus dem Auto stieg und auf mich zukam. Er sah fabelhaft aus mit seinem hellen Hemd, dem langen Husgunti, einem bunten Stoff, den er sich um die schmalen Hüften gewickelt hatte, und seiner dunklen Sonnenbrille. Im Rückblick ist es eine kleine, wirklich unspektakuläre Begebenheit gewesen: Ein Mann steigt aus einem Auto und läuft auf eine Frau zu. Aber dieser Augenblick hatte etwas Einzigartiges. Was ihn so einzigartig machte, war der Blick, der Gesichtsausdruck, das, was da mitschwang in diesem Moment. Nur ein einziges Mal in unseren gemeinsamen zwölf Jahren habe ich meinen Mann wirklich glücklich erlebt, und das war in diesem Augenblick. Sicherlich ist er viel öfter froh gewesen, aber sein Blick in diesen Sekunden hat einen Maßstab gesetzt, an dem gemessen er weder davor noch danach je wieder glücklich gewesen sein konnte. Sein Gesicht wirkte ganz jung und frei und leuchtete auf eine merkwürdige Weise. Die Augen waren weit geöffnet. Seine Ausstrahlung erinnerte mich an diese Bilder von erleuchteten indischen Meistern, die immer mit einem Lichtschein dargestellt werden, der die Konturen ihres Kopfes nachzeichnet. Es war ein Augenblick puren Glücks, der die ganze Schönheit seiner Seele offenbaren sollte. Ganz vorsichtig berührte Abdulcadir mein Gesicht und lächelte mich an mit einer unendlich feinen und tiefen Liebe, die in dieser Sekunde und nur für diese Sekunde aus einer anderen Welt gelandet war, um dann für immer wieder dorthin zu verschwinden.

Schatten in Äquatornähe

Wenn ich bislang wenig davon erzählt habe, dass Abdulcadir trank, dann deshalb, weil ich es so nicht wahrnahm. Ich erlebte ihn dann und wann betrunken. Das war alles. Die Alkoholexzesse, die sich bei uns bereits ereignet hatten, mit viel Aggression, mit Angst, Flucht und Verzweiflung, verdrängte ich gekonnt und war im Zweifelsfall eher bereit, die Schuld bei mir zu suchen als der Wahrheit ins Auge zu sehen. Ich war ohnehin die amtierende Weltmeisterin im Verdrängen, denn das hatte ich schließlich von der Pike auf gelernt.

Somalia ist ein muslimisches Land und demzufolge trinken die meisten Menschen keinen Alkohol. Bereits in Italien hatte ich jedoch einige Somalis kennengelernt, die besonders viel tranken. Ich hatte mit großem Bedauern Männer gesehen, die in Italien vor sich hinvegetierten, intelligente, begabte Männer mit hochkarätigen Universitätsabschlüssen, aber ohne Jobs, mit kaputten Ehen und einem Glas Wein in der Hand – mittags um zwölf.

Hier in Somalia verabredete sich Abdulcadir mit Freunden, die vor allem Whisky tranken. Ich war an diesem Tag zu Hause geblieben, um mit meiner neuen Freundin, einer Nachbarin, ein wenig zu plaudern. Gegen zehn war ich ins Bett gegangen und erst um Mitternacht aufgewacht, als ich hörte, dass mein Mann nach Hause gebracht wurde. Er war vollständig betrunken und konnte sich nicht mehr auf seinen Beinen halten, fiel ein paar Mal hin, bis er tobend und polternd endlich das Haus erreichte. In dieser Nacht erlebte ich einen Mann, der zeitweilig seinen Verstand verloren hatte, der nicht mehr wusste, wer er war und was er sagte. Er begann gleich, mich wild zu beschimpfen, mir irgendwelche Fehler und Respektlosigkeiten vorzuhalten, bezeichnete mich als ignorante Europäerin, als Schmarotzerin, als Idiotin und zu guter Letzt als Nutte, die ihn hinterrücks betrügen würde. Spätestens an dieser Stelle hätte mir klar werden müssen, dass ich es mit einem vorübergehenden Wahnsinn zu tun hatte, der gar nicht mehr mich meinte. Aber um auch nur im Ansatz entspannt mit der Situation umgehen zu können, war sie viel zu gefährlich. Er stolperte hinter mir her, um mich zu schlagen, bewarf mich mit Gegenständen. Ich irrte durch das mir fremde Haus, auf der Suche nach einem geeigneten Versteck, um dieser lebensgefährlichen Bedrohung zu entkommen. In meiner großen Not legte ich mich hinter das schwere Sofa und zog die Vorhänge, die bis auf die Erde reichten, über mich. So versuchte ich, unhörbar zu atmen, und betete, dass ich von dem Staub, der langsam in meine Nase kroch, nicht würde niesen müssen. Abdulcadir tobte durch das ganze Haus und wurde nun, nachdem er mich nicht mehr sehen konnte, noch wütender. Als er sich dem Sofa näherte, dachte ich für einen Moment, ich würde ohnmächtig werden vor Angst. Die Zeit, die ich in meinem Versteck verbrachte, wurde zur Ewigkeit. Als ich ihn irgendwann endlich schnarchen hörte, kam es mir vor, als hätte ich ein ganzes Leben hinter diesem Sofa verbracht. Ich atmete vorsichtig aus und befreite mich ganz leise aus meinem Versteck, immer wieder einhaltend, um mich der Schnarchgeräusche zu versichern. Merkwürdigerweise fühlt man in einem solchen Moment nichts. Man steht auf einem großen leeren Feld im Winter, der Boden ist hart gefroren. Man betrachtet sich selbst von Weitem, wie man eine Fremde von Weitem betrachtet.

Man fühlt sich, als sei man innen hohl, eine Hülle aus Pergament, die jeden Moment vom Wind weggefegt und auf Nimmerwiedersehen von dieser Welt verschwinden kann. Ich verbrachte den Rest der Nacht, indem ich im Wohnraum auf- und abging. Das Zittern meines Körpers ließ sich durch die wiederholte Bewegung auf ein erträgliches Maß reduzieren. Wer war dieses Mädchen, das sich da hinter einem schweren Sofa versteckte und um sein Leben bangte? Wieso erinnerte sie sich erst jetzt, fast zwanzig Jahre später daran, dass sie haargenau eine solche Szene schon einmal als Kind erlebt hatte? Wieso liebte sie jemanden, der sie in genau die Hölle führte, der sie zu entkommen versucht hatte?

Tiefer Riss

Diesmal war es für Abdulcadir nicht ganz so leicht, mich zu beruhigen und die Situation zu erklären. Diesmal saß der Riss tief. Das furchtbare Erlebnis hatte mich sehr nachdenklich gemacht und mich zu grundsätzlichen Fragen über mein Leben und diese Liebe veranlasst. Ich wollte abreisen, bat ihn leise, mich zum Flughafen zu bringen. Mir fehlte die Kraft für Tränen. Der Schock saß zu tief. Ich traute ihm nicht mehr. Erschrocken begriff ich, dass ich ihm bereits zwei Wochen nach unserem Kennenlernen, nach der ersten Nacht, in der er betrunken nach Hause gekommen war und mich beschimpft hatte, nicht mehr getraut hatte. Was für eine erschreckend kurze Zeit, gemessen an den zwölf Jahren unserer Ehe.

Abdulcadir erinnerte sich an nichts. Es wusste nicht einmal mehr, wie er nach Hause gekommen war. Er weigerte sich, mich zum Flughafen zu bringen. Ich hatte nicht mehr die Kraft, mich selbst darum zu kümmern. So lagen wir bis tief in die Nacht weinend auf unseren weißen, kühlen Laken und wussten einfach nicht mehr weiter. Er bat mich inständig um Vergebung und darum, ihn nicht zu verlassen, und schwor mir – ich weiß nicht, bei welchem Heiligen dieses Mal – mit dem Trinken aufzuhören. Irgendwann mitten in der Nacht berührten sich vorsichtig unsere Fingerspitzen. Wir fühlten Liebe, Schuld und Ohnmacht, beide wohl in leicht unterschiedlichen Mischungsverhältnissen.

Eine ganze Weile hielt Abdulcadir sein Versprechen und ich konnte über die Standhaftigkeit, mit der er ausschließlich Tee und Wasser trank, nur staunen. Eine sehr schöne gemeinsame Zeit in Somalia begann damit für uns, voller

Harmonie, Freude und Zärtlichkeit. Ich versuchte, mich wirklich zu entspannen und jede alkoholfreie Sekunde mit ihm zu genießen, wohl ahnend, dass es so einfach eben doch nicht war. Bis eines Tages der Schock wieder ganz aus den Knochen verschwunden war und das erste Glas Wein wieder zu schmecken begann.

Fazit einer langen Reise

Unsere Reise war vorbei. Ich hatte Abdulcadirs Familie kennengelernt und seine Heimat gesehen. Nun hieß es nach langen Monaten Abschied nehmen. Neben dem Besuch der Familie Abdulcadirs hatte die Reise noch ein weiteres Ziel gehabt. Sie sollte die Frage beantworten, ob ich dort würde leben können. Als ich in den Flieger stieg, der uns zurückbringen sollte nach Deutschland, liefen mir die Tränen und ich hatte meine liebe Not mit dem Handgepäck, meiner triefenden Nase und einer freien Hand für den Abschiedsgruß. Auf der Treppe drehte ich mich ein letztes Mal um. »Ob ich hier leben kann?«, schmunzelte ich stumm in mich hinein. Was für eine Frage!

Wenige Stunden vor dem Abflug in Mogadischu schrieb ich diese Sätze in mein Notizbuch: »Somalia, Schatztruhe am Indischen Ozean.

Süßlich duftende bedrohliche Welt. Heiße Erde in Äquatornähe. Dem Himmel ganz nah. Unbändige Lebenslust. Wildheit. Wucht. Witz.

Das Elend ätzt sich in mein Herz. Ich bin eine Weiße ohne ihre Vitrine. Ohne Zeitgefühl. Ausgeliefert. Voller Scham. Essenz von Leben. Eingekocht, bis ein dickflüssiger, heißer Sud übrig geblieben ist. Menschen. Menschen über Menschen. Verhüllte Nomaden. Geheimnisvolle Augenschlitze. Kinder über Kinder über Kinder. Unfassbare Schönheit. Rhythmus. Grazie. Wippende Hüften. Entblößte Brüste. Hochnäsige Kamele. Faules Abhängen in der Mittagsglut. Zirpen. Zischen. Blinzeln. Hektische Schwarzmarktgeschäfte. Unbeschwertes Lachen entblößter Zahnreihen – schneeweiß.

Schweißnasse Alpträume. Schlafende Kriegskinder auf staubigen Straßen. Schlecht verheilte Beinstümpfe. Fliegenarmeen auf offenen Wunden. Samt. Seide und leuchtendes Gold. Bis zum Rand hast du mich angefüllt mit deiner echten Freude, Afrika! Omnipräsenz des Todes unter Gottes stummem Blick. Somalia – einsames Liebeslied in einer nächtlichen Gasse.«

Die Somalis hatten mich neugierig beäugt, waren skeptisch gewesen, vorsichtig und manchmal sogar ein wenig furchtsam. Aber keine Spur von Misstrauen und Ablehnung. Sie hatten mir Hände und Haare gefärbt, mich in kostbare Stoffe gehüllt, hatten mich reich beschenkt und mich in ihre Herzen gehoben. Mit welcher Würde sich der alte Somali, der im Restaurant »Croce del Sud« arbeitete, vor mir verneigt hatte! Ich dachte an meinen Schwiegervater Hagi Omar, die alten Onkel und Tanten mit den faltigen Händen, unsere wunderbaren Freunde und diese unzähligen, unglaublich lebendigen, witzigen, hellwachen Straßenkinder, die einem den Verstand raubten und ihn nicht mehr zurückbrachten.

Der Flieger begab sich in Startposition und hob mit ohrenbetäubendem Lärm ab in den tiefschwarzen Himmel. Nabadey Somalia. Mahazenit Somalia. Abdulcadir war schon eingeschlafen. Liebevoll betrachtete ich ihn. Zum ersten Mal konnte ich den tiefen Riss sehen, der durch sein Herz ging.

Rheinufer

Voller Verwirrung und pleite kamen wir im Kölner Hauptbahnhof an. Es regnete Bindfäden. Der Zeitungsladen war nicht mehr da, wo er vor unserer Abreise gewesen war. Er war umgezogen in ein größeres, moderneres und unübersichtlicheres Ladenlokal. Die Würstchenbude an der Ecke gab es noch. Schon am Flughafen in Frankfurt hatte ich mich gefragt, wohin all diese wichtig und ernst dreinblickenden Menschen eigentlich rannten. Die Welt in Deutschland kam mir in den ersten Stunde nach unserer Ankunft komplett absurd und unwirklich vor. Mein Herz war schwer. Ich sehnte mich zurück nach Mogadischu oder zumindest nach Italien. Müde fuhren wir nach Hause und lüfteten unsere Wohnung. Unser Nachbar hatte die Post von ein paar Monaten auf den Küchentisch gelegt. Die Erde hatte uns wieder. Nachdem ich unsere Wäsche gewaschen und eingekauft hatte, begab ich mich gleich am nächsten Tag auf die Suche nach Arbeit. Relativ schnell fand ich eine Festanstellung in einem großen Gastronomiebetrieb. Zudem besorgte ich mir einen Aushilfsjob für vormittags in einem Hotel, und eines Abends organisierte Abdulcadir mir einen dritten Job in einem italienischen Restaurant. Da ich am Wochenende nicht arbeiten musste, passte es ganz gut. Abdulcadir hatte es als Ausländer viel schwerer, Arbeit zu finden. Und ich fand, dass er viel zu klug und gut ausgebildet war für irgendeine drittklassige Arbeit. Er sollte es nicht so schwer haben. Ich fing an, wie wild zu schuften: für unsere Zukunft, für ein bisschen Wohlstand hier in Deutschland. Ich wollte ein schönes Zuhause für Abdulcadir, ein Sparbuch für seine Familie, dachte daran, vielleicht mal Kinder zu haben. Ich wollte mein Allerbestes geben für diese Liebe, ihm zeigen, dass er sich auf mich verlassen konnte. Am Ende wollte ich aber vor allem eine Lebensberechtigung für mich.

Wir wohnten mitten in Köln, umgeben von Kneipen. Sehr schnell fing ich an, die Tage in gute und schlechte einzuteilen. Die guten waren die, an denen Abdulcadir zu Hause blieb, Zeitungen las und manchmal kochte. Die schlechten die, an denen er morgens losging und erst zurückkam, wenn ich schon zur Arbeit gegangen war. Und die ganz schlechten die, an denen er morgens losging, nachts an meiner Arbeitsstelle auftauchte, um sich Geld zu holen, und mich in den frühen Morgenstunden beschimpfte, bedrohte und aus dem Haus jagte. Ich schlief sehr wenig, lebte unter einer ständigen Anspannung und freute mich wie eine Schneekönigin, wenn er mit einem schweren Kater aufwachte und zumindest für den Tag außer Gefecht gesetzt und lammfromm war. Es war das Größte für mich, wenn wir dann am Rheinufer spazieren gingen und ich in einem Brauhaus ein Bier für mich allein bestellte, während er Wasser trank. Ich begann mit Versuchen, sein Trinkverhalten zu manipulieren und zu kontrollieren. Vielleicht schaffte ich es ja, ihn mit einer Lieblingsspeise vom Frühschoppen nach Hause zu locken. Vielleicht halfen gesundheitliche Klagen. Vielleicht Bitten oder Drohungen, penetrante Anrufe in den Kneipen, überraschende Besuche dort. Manchmal, wenn er zum Mittagessen nicht nach Hause kam, lief ich los und suchte ihn in der ganzen Stadt. Dabei wusste ich nur zu gut, dass ich ihn ohnehin nicht würde nach Hause holen können. Wann ist es einer Frau je gelungen, einen Vater oder Mann vom Saufen abzuhalten und nach Hause zu holen? Es ging lediglich darum, irgendetwas zu tun, in Bewegung zu kommen, um nicht den Verstand zu verlieren. Ich war besessen. In dieser Zeit versoff Abdulcadir ein halbes Vermögen, schaffte es, aus vielen Lokalen rauszufliegen und dort Hausverbot zu bekommen, und einmal stürzte er dermaßen unglücklich, dass er sich einen schweren Bruch zuzog und einen seiner schönen Frontzähne verlor. Ich arbeitete und bangte um mein Leben und bettelte Gott um ein paar friedliche Stunden an. Unsere gemeinsamen Zeiten mit guten Gesprächen, voller Zärtlichkeit und Freude wurden weniger, aber es gab sie noch. Und es gab Reue und Versprechen, Luftschlösser und Schwüre und viele viele Besuche von Freunden und Verwandten, Kochorgien in gigantischen Töpfen, Freude und ein paar Stirnfalten darüber, wie ich das Geld wohl zusammenkriegen würde. Vor allem gab es kleine Wunder – wenn es mir etwa gelungen war, Verwandte Abdulcadirs in Deutschland ohne Geld operieren zu lassen. All das zusammen reichte jedenfalls aus, um das Rad meiner Hoffnung auf bessere Zeiten am Laufen zu halten.

In unseren Kölner Jahren wohnten wir im Hause eines Schuhmachers. Der angestellte Meister hatte seine Werkstatt in der ersten Etage, so dass man, um in unsere Wohnung zu gelangen, immer an der Werkstatt vorbei musste. Kamphaus war eine Seele von Mensch, ein tüchtiger, schlichter und herzensguter Kerl. Wenn ich mal wieder nach Hause kam und meinen Mann entweder nicht gefunden hatte oder ihn gefunden und begriffen hatte, dass mir noch eine schlimme Nacht blühen würde, sah er mich voller Wohlwollen an und erkannte die Angst und Verwirrung in meinen Augen. Dann schlug er mit einem alten Lappen den Stuhl sauber, der in seiner Werkstatt stand und mit Leder bezogen war, und bot mir einen Platz darauf an.

Dann teilte er sein Butterbrot mit mir, auf einem alten Brett und mit seinem abgewetzten Messer, mit dem er normalerweise das Leder schnitt. Und während er die Schuhe nähte, erzählte er mir Witze oder Geschichten aus seinem Heimatdorf und von seiner Familie oder er fragte mir Löcher in den Bauch, obwohl er eigentlich ein wortkarger und eher schüchterner Mensch war. Ich glaube, es brach ihm das Herz, mich so verzweifelt zu sehen, und es war sein Versuch, mich zu trösten. Er hegte eine ganz aufrichtige Zuneigung zu mir, behandelte mich wie eine Tochter – mit einem Respekt und einer Vorsicht, die ich nicht gewohnt war und die mich sehr berührten. Manchmal sah er mich lange schweigend an, und einmal sagte er: »Sie sind ein tapferes Mädchen, Martina.«, und weinte fast dabei. Auf eine merkwürdige Weise gab dieser Mann mir Halt.

Mariam

Eines Tages war ich schwanger. Ich war trunken vor Glück und Stolz, als der Befund eindeutig war, und rannte nach Hause, um Abdulcadir die Nachricht zu überbringen. Er sprang vor Freude in die Luft und dankte dem Himmel. Einmal mehr sah ich in seinen Augen: »Jetzt wird alles gut. Jetzt wird sich alles ändern«, und ich wusste, dass er es ernst meinte. Meine Schwangerschaft verlief sehr gut. Abdulcadir kochte für mich, achtete akribisch darauf, dass ich mich gesund ernährte, und spazierte mit mir am Rheinufer auf und ab. Ich fühlte mich pudelwohl und konnte mit meinem wachsenden Bauch bis zum Schluss arbeiten. Abdulcadirs natürlicher Umgang mit Schwangerschaft färbte auf mich ab und machte mir diese Zeit kinderleicht. Ich war meiner sehr sicher und fand mich schön wie nie. Abgesehen von ein paar heftigen Kotzattacken in den ersten drei Monaten und seltsamen Gelüsten auf Kartoffelsalat mit Brathering oder auf dicke Bohnen mit Rippchen ging es mir blendend. Nachbarinnen behaupteten, dass man, wenn es einem so gut ginge, einen Jungen bekommen würde. Ich dachte das auch, sah mich ohnehin eher als Mutter eines Jungen. Aber in meinen Träumen saß ich mit einem kleinen Mädchen in weißen Söckchen auf einer Wiese. Da mein Kind es sich in meinem Bauch in einer sogenannten Steißlage, also mit den Beinen nach unten, gemütlich gemacht hatte, wählte ich ein Krankenhaus, in dem man nicht per se einen Kaiserschnitt machen würde. Der Geburtstermin rückte näher und näher – von Wehen keine Spur. Fünf Tage über den errechneten Termin, sieben, neun, zwölf. Schließlich hatte man bei einer der Untersuchungen festgestellt, dass sich mein Kind gedreht hatte, in Startposition gegangen war und mit dem Kopf bereits tief im Becken lag. Am zwölften Tag war Vollmond, und nach Wochen schien zum ersten Mal endlich wieder die Sonne. Hätte ich Mariam damals schon besser gekannt, hätte ich gewusst, dass sie an diesem sonnigen Tag auf die Erde kommen würde. Erst gegen 16 Uhr am Nachmittag riefen wir ein Taxi, weil meine Mutter, die zu Besuch war, meinte, es würde nun aber höchste Zeit für mich. Ich hatte den ganzen Tag lang schon Schmerzen und ein leichtes Ziehen gehabt, dem aber nicht allzu viel beigemessen. In rasendem Tempo wurde ich nun auf die Geburt vorbereitet, durfte noch ein paar Mal unter Abdulcadirs besorgten Blicken auf dem Flur auf- und abrennen und entband um 17 Uhr 35 unter großem Hallo der Kreißsaalbesatzung unsere kleine Tochter Mariam.

Die Geburt war das anstrengendste, was ich je in meinem Leben vollbracht habe. Ich schrie das ganze Krankenhaus zusammen. Und es war das wunderbarste und kreativste, was ich je vollbracht habe. Da ich keinerlei Medikamente oder Betäubung bekommen hatte, war ich vollständig bei Bewusstsein und habe Mariam, meinem eigenen Rhythmus und Impuls folgend, mit meiner Kraft geboren. In diesem Augenblick hatte Gott mich berührt. Ich erinnere mich, dass ich nur verblüfft dachte: »Es gibt Ihn ja tatsächlich.« Mariam war das schönste und süßeste Mädchen auf der ganzen Welt! Mit einer wunderschönen glatten Haut, kaffeebraun mit einem Schuss Sahne, mit schwarzen, am Kopf eng anliegenden Haaren. Als Dr. Teufel mir mein Kind an die Brust legte, erschrak ich über ihre Ausstrahlung. Sie wirkte, so verrückt das klingen mag, wissend und erfahren, vollständig ruhig und gelassen. »Lieber Himmel, was ist das denn, was sie da ausstrahlt? Wie sieht sie denn aus? Abdulcadir, was ist das?«

Abdulcadir hatte die ganze Zeit neben dem Bett gestanden und weinte jetzt. Ich hörte ihn leise aus dem Koran beten. Als er sie ansah, wie sie dalag, und ich ihn fragte, was er denke, antwortete er voller Ruhe und Sicherheit: »Mariam ist die Ankunft einer alten Seele.« Der Satz ging mir gleich durch Mark und Bein und alles in mir rief: »Ja, das ist es! Genau das ist es.« Dafür liebte ich ihn.

»Haben Sie genau aufgepasst?«, fragte Dr. Teufel ihn jetzt lachend, »bei dem Tempo schaffen Sie es das nächste Mal nicht bis hierher, da müssen Sie das Kind schon selbst holen!« – »Das krieg' ich hin«, sagte Abdulcadir sehr entspannt und strahlend, »aber jetzt geben Sie mir erstmal meine Tochter, damit ich mit ihr im Indischen Ozean schwimmen gehen kann.« Der Indische Ozean, das war eine kleine hellblaue Badewanne, und Mariam schwamm gleich weit hinaus – auf den Händen ihres überglücklichen Vaters.

Ruhrstadt

Als Mariam zwei Jahre alt war, zogen wir nach Essen, ins Ruhrgebiet. Irgendwie hatten wir uns eher schlecht als recht in Köln durchgeschlagen. Zum Teil hatte Abdulcadir die Versorgung von Mariam übernommen, das Geld verdiente noch immer ich. Es war schwierig, es gab immer wieder Aussetzer wegen seiner Trinkerei. Und wir erlebten viele gemeinsame Glücksmomente wegen unserer strahlenden und aus der Tiefe seligen kleinen Mariam. Zwei Jahre nach ihrer Geburt war ich noch einmal schwanger geworden, hatte das Kind aber gleich in den ersten Wochen wieder verloren. Es ist merkwürdig, dass dieses Ereignis bei mir Spuren hinterlassen hat, die bis heute spürbar sind. Mein Gynäkologe tröstete mich damals, indem er sagte, vermutlich sei es die Klugheit der Natur gewesen, die diese Entscheidung gefällt habe. Möglicherweise sei etwas nicht in Ordnung gewesen. Ich hatte mir immer einen Sohn von Abdulcadir gewünscht und war sicher, dass das verlorene Kind ein Sohn gewesen wäre. Ich hätte ihn gern Jamal genannt, Jamal Ossoble, und sehe ihn manchmal noch heute vor mir – mit seinem kurz geschorenen Lockenschädel, ein bildschöner, kluger und charmanter Bursche mit ein paar Narben und Macken. Er war in meiner Vorstellung so, wie ich mir Abdulcadir als Kind vorgestellt hatte. Auch hätte ich Mariam gern das Geschenk eines Bruders gemacht. Und sicher wäre sie eine wunderbare große Schwester gewesen, aber es hat nicht sollen sein.

Nun bekam Abdulcadir in Essen endlich eine Arbeit, eine gut bezahlte städtische Stelle als Agraringenieur. Freunde hatten es vermittelt. Es schien zu schön, um wahr zu sein.

Überstürzt zogen wir aus meinem geliebten Köln in eine furchtbare Wohngegend mitten in Essen: zwei Zimmer mit klackerndem Linoleumboden, neben uns eine wunderliche Nachbarin, die mit einer Ratte lebte, unter uns ein alter Nazi. Es war ein Frühling, an den ich mich deshalb besonders erinnere, weil es der schlimmste war, den ich mit meiner ohnehin quälenden Allergie je erlebt hatte. Ich saß tage- und nächtelang auf der Bettkante und versuchte verzweifelt, wenigstens ein bisschen Luft in meine pfeifende Lunge zu ziehen.
Mariam bekam sehr schnell, für mich viel zu schnell, einen Platz in einem Hort und fühlte sich dort pudelwohl. Bei der kleinen Nomadin zeigte sich bereits in den ersten Jahren eine ausgesprochene Vorliebe für fremde Wüsten. Sie schlief zu gerne bei anderen und reiste stets mit einem Köfferchen durch die Gegend. Abdulcadir trat seine Arbeit an und nach kurzer Zeit fanden wir eine sehr schöne Wohnung mit einem großen Garten und mit Vermietern, die bald schon unsere Freunde werden sollten.

Ich atmete durch, musste endlich einmal nicht mehr so mühsam unser Geld verdienen und immatrikulierte mich noch einmal an der Essener Uni. Das war vielleicht ein Luxusleben! Bei Sonnenschein über den Campus zu stolzieren, Bücher zu lesen und Zeit zu haben, sich über Theorien Gedanken zu machen, die ein gehöriges Stück über dem Boden schwebten. In meinen Tagen an der Uni resümierte ich, dass ich immer schon sehr viel nachgedacht und geschrieben hatte. Aber ich war nicht wirklich erwacht. Ich beschäftigte mich nicht mit dem, was tatsächlich in meinem Kopf und vor allem in meinem Herzen vor sich ging, sondern vorwiegend mit Dingen, die außerhalb von mir lagen und demzufolge ungefährlich waren.

Natürlich fragte ich mich zwischendurch immer mal wieder, was das eigentlich für ein Leben sein sollte, das ich da führte. Aber es war definitiv nicht die Zeit der Reflexion. Es war die Zeit, es zu leben, um erst einmal an einen bestimmten Punkt zu gelangen.

Die Realität holte mich schnell wieder ein. Wir brauchten Geld für Abdulcadirs Familie, viel Geld, und ich fing an, wieder mitzuarbeiten. Erst ein wenig, dann mehr, dann wieder Vollzeit. Erst Fische auf dem einen Wochenmarkt, dann Äpfel auf dem anderen, am Ende in einer technischen Abteilung und später in der dazugehörigen vornehmen Hauptverwaltung einer großen Firma. Mein Alltag begann um halb fünf. Aufstehen, Mariam fertig machen, Brote schmieren, Kaffee kochen, mit Bus und Bahn zum Hort, arbeiten, einkaufen, das Kind wieder abholen, nach Hause kommen, kochen, putzen. Tagein, tagaus. Wieder lief mein Leben wie ein Uhrwerk ab und war geprägt von Pflichten. Abdulcadir war einigermaßen zufrieden. Er riss sich zusammen, fehlte nicht allzu oft bei seiner Arbeit und versuchte, sein Trinken auf die Wochenenden zu beschränken. Aber Alkoholismus, und es handelte sich bei ihm um Alkoholismus, ist immer fortschreitend. Der Einzige, der das Karussell anhalten kann, ist der Betroffene selbst.

Das darf nicht passieren

Mäggi hatte uns zu sich nach Leverkusen eingeladen. Was für eine Freude, die alte Freundin endlich einmal wiederzusehen! Zu dritt reisten wir an einem Freitagnachmittag bei ihr an. Mariam war etwa drei Jahre alt und ein zuckersüßes Mädchen, das überall großes Entzücken auslöste. Am Samstag eröffnete Abdulcadir mir beim Frühstück, dass er nach Köln fahren und Mariam mitnehmen wolle. Mir stockte der Atem, denn sofort schlich sich der bedrohliche Gedanke ein, dass er in Köln in seinen alten Stammkneipen würde saufen wollen. Ich schluckte meinen ersten furchtbaren Gedanken und meine Angst um das Kind mühsam runter, konnte es allerdings nicht lassen, ihn beim Einsteigen in den Bus zu bitten, mit dem Kind doch wohl nicht in Kneipen zu gehen. Er wurde richtig blass vor wildem Zorn und fragte mich, ob ich eigentlich den Verstand verloren hätte, ihm einen solchen Schwachsinn mit auf den Weg zu geben. Er sei um eins zum Essen zurück und wolle kein Wort mehr hören.

Mariam und Abdulcadir kamen nicht zurück. Bis vier Uhr nachmittags lief ich im Halbstundentakt zum Bus und betete jedes Mal, dass sie bitte im nächsten sein sollen. An diesem Nachmittag begriff ich zum ersten Mal in aller Klarheit, wie sehr Abdulcadirs Trinkerei unser Leben tatsächlich beeinträchtigte. Ich erkannte, wieviel latente Angst ich im Grunde meines Herzens hatte und wie wenig Vertrauen und Zuversicht. Ich sah ihn in Gedanken durch Kneipen stolpern, Treppen herabstürzen, das Kind auf die Straße laufen. Ich sah, dass er sie verlor, dass sie verunglückte, dass er ohne sie zurückkommen würde. In der Nacht fasste ich einen Entschluss: Wenn dem Kind etwas passieren sollte, würde ich ihn umbringen. Der Gedanke hatte an einem gewissen Punkt nichts Aufgeregtes und Dahergesagtes mehr, sondern war selbst für mich von einer erschreckenden Klarheit und Entschlossenheit. Gegen Mitternacht fuhr ein Taxi vor. Abdulcadir fiel sturzbetrunken förmlich aus der Beifahrertür und schrie, ob ich ihm vielleicht mal Geld bringen würde. Mich interessierten jedoch weder er noch der auf sein Geld wartende Taxifahrer, sondern nur die Rückbank. Ein völlig bepinkeltes, mit Stofftieren und Schokoladen bepacktes kleines Mädchen krabbelte aus dem Auto und kam mir entgegengelaufen. Dem Himmel sei Dank! Ich zahlte wortlos ein halbes Vermögen, duschte Mariam so warm wie möglich, legte meinen Arm beschützend um ihren kleinen Körper und schlief erschöpft neben ihr ein. Ich fühlte tiefe Schuld. Wie hatte ich sie einem solchen Erlebnis aussetzen können? Wie hatte ich es nur zulassen können, obwohl ich es geahnt hatte? Waren wir bereits an dem Punkt angelangt, an dem ich Mariam vor ihrem eigenen Vater schützen musste, und das, obwohl – und daran bestand zu keinem Zeitpunkt auch nur der geringste Zweifel – er sie von ganzem Herzen liebte?

Zeit des Erwachens

Abdulcadir trank wieder mehr. Es kam immer häufiger zu furchtbaren Exzessen. Unsere Vermieter, die mit im Haus wohnten, wurden langsam aufmerksam auf die Tragödie, die sich im Parterre abspielte. Immer öfter musste ich neue Geschichten erfinden, mit denen ich ihn bei seiner Arbeit entschuldigte. Es wurde schwieriger, glaubwürdig zu bleiben. Wir zahlten Deckel, die er irgendwo gemacht hatte, Taxis, mit denen er sich hemmungslos von überall her nach Hause bringen ließ. Ich beschwichtigte einen jungen Mann, dessen Autotür Abdulcadir in seinem besoffenen Zorn eingetreten hatte, indem ich ihm kleinlaut und völlig überteuert zweitausend Mark in die Hand drückte und ihn anflehte, von einer Anzeige abzusehen. Ich ließ mich beschimpfen und bedrohen und kochte nachts verzweifelt Spaghetti, die ich in den Morgenstunden, wenn er endlich schnarchend eingeschlafen war, dann leise weinend wieder vom Teppich kratzte. Ich war gefangen. Alljährlich am 24. Mai hob Abdulcadir sehr viel Geld ab, das er anlässlich meines Geburtstages feierlich versoff. Und jedes Mal dachte ich, dass es in diesem Jahr aber ganz sicher ein schönes Geschenk für mich geben würde. Ich schämte mich – für ihn, für mich, vor meinem Kind, vor der Welt und am Ende vor mir selbst. Ich verachtete mich für das, was ich mir gefallen ließ, was ich geworden oder immer schon gewesen war. In meinen Alpträumen wurde ich von zwei betrunkenen Männern verfolgt und war ständig auf verzweifelter Suche nach einem Versteck vor den beiden gefährlichen Berserkern. An einem dieser Abende schrieb ich in mein Tagebuch:

»Eine tiefe Kerbe spaltet meine Person in zwei Hälften: in eine starke und selbstbewusste Frau, die sich ihrer Haut zu wehren weiß, und in eine schwache, ängstliche und abhängige. Furchterregende Ergebenheit versteckt sich wie ein krankes Tier hinter Kraft und energischer Wut. Bestand hat nur das todsichere Gefühl, einen Berg abtragen oder ein lebensgefährliches Abenteuer bestehen zu müssen. Mein Kopf beginnt sich mit Überschallgeschwindigkeit auf dem Hals zu drehen, und die Gehirnmasse, steinschwer, bewegt sich mit der gleichen Geschwindigkeit, aber fatalerweise in die andere Richtung. Ich muss jetzt sehr viele Knöpfe, Blätter und Stifte ordnen. Ich sortiere sie nach Farben und Formen, ordne sie neu und sortiere sie neu. Die Formen werden immer rechtwinkliger. Quadrate können die Kreisbewegungen des Innen- und Außenkopfes tatsächlich ein wenig unter Kontrolle halten. Die Welt, die sich wie ein kräftig angetriebenes Rad bewegt, wird mit Hilfe meiner Ordnung auf ein erträgliches Tempo runtergefahren, und ich werde nicht von ihr abgeworfen. Ich glaube, ich verliere langsam den Verstand.«

Eines Tages las ich in einer Apothekenzeitschrift eine winzigkleine Anzeige von Alanon, einer Selbsthilfegruppe für Angehörige von Alkoholkranken. Ich riss mir die Telefonnummer raus und rief ein paar Tage später »Birgit« an, die dort genannt war. Jeden Dienstag ging ich nun zu Alanon, nahm dort brav meinen Platz ein und sagte meinen Begrüßungssatz, dass ich Martina heiße und Frau eines Alkoholikers sei. Das kam mir anfangs sehr merkwürdig vor, aber mit der Zeit begriff ich, wie wichtig es war, diesen Satz zu sagen und ihn damit in mein Bewusstsein einsickern zu lassen, tiefer und tiefer: Ich, Martina, bin die Frau eines Alkoholikers. Es ist schwer, gegen das Gefühl des schweren

Verrates anzutreten. Ich saß dort gute zwei Jahre, in denen ich zuhören, jammern und sehr viel lernen durfte und einen Trost und eine Zuneigung erfuhr, die für mich bis dahin unvorstellbar gewesen waren. Dort lernte ich Offenheit, Aufrichtigkeit und Sätze, die mit: »Ich denke ... Ich fühle ...« anfingen. Ich verdanke meinen Freundinnen und Freunden von Alanon, dass ich noch lebe, dass ich nicht zur Mörderin geworden bin, dass ich die Kraft fand, eines Tages aufzustehen und gesund zu werden.

An einem der Dienstagabende eröffnete ich plötzlich das Gespräch, indem ich mich sagen hörte: »Ich heiße Martina und bin Frau und Kind eines Alkoholikers.« Der zweite Mann in meinen Verfolgungsträumen war nämlich mein Vater. Alles, was ich mit Abdulcadir erlebt hatte, war lediglich Teil II meiner Geschichte. Ich befand mich in einem Fortsetzungsroman, kannte alle Gefühle von Schuld, Scham, Angst und Minderwertigkeit, alle Gedanken an Mord und Selbstmord aus dem Effeff. Gelernt ist eben gelernt.

An diesem Abend wendete sich das Blatt und Abdulcadir geriet aus der Schusslinie. Ich fragte mich zum ersten Mal nicht mehr, was ihn bewog, all das Schreckliche zu tun, was er tat, sondern fragte mich, was mich eigentlich bewog, all das Schreckliche zuzulassen. Ich war nämlich die perfekte Gegenspielerin und sorgte auf meine Weise dafür, dass das Spiel unaufhörlich weitergehen konnte. An diesem Abend sah ich, wie krank ich tatsächlich war, wie abhängig davon, dass er soff, und wieso ich ihn genau so brauchte. Ich glaube nicht an die Opfer-Theorie. Ich glaube kein Wort, wenn mir jemand sagt: »Ja, wenn der nicht wäre, ... Wenn er nur anders wäre,.... Ach, was könnte ich für ein Leben haben!« Das ist alles Quatsch. Wenn wir bleiben und uns immer wieder unhaltbaren Zuständen aussetzen, dann ist das nicht wegen der Kinder oder wegen des Geldes oder gar wegen der Liebe, sondern weil wir große Vorteile davon haben. Manchmal müssen wir auch tatsächlich bleiben, bis etwas reif ist, aber bis dahin sollten wir nicht so tun wie die armen Lämmlein, die leider an den bösen Wolf geraten sind. Sollten wir an ihn geraten, bedeutet es, dass der böse Wolf aus irgendwelchen Gründen genau der Richtige ist. Selbst das schrecklichste Desaster, in dem wir stecken bleiben, bedient etwas in uns. Meistens hält es uns gnädig davon ab, den erschreckenden und ernüchternden Blick auf uns selbst richten zu müssen. Und allzu oft verschleiert es die Wahrheit, dass wir nämlich jenseits unseres Leidens kein eigenes Leben haben und im Grunde nicht daran glauben, dass wir gesunde und erwachsene Liebesbeziehungen verdienen. Die Verantwortung übernehmen solche Typen wie ich gerne komplett und sehr aufopfernd für andere, nicht aber für sich selbst – zumindest solange nicht, bis sie es gelernt haben. Also Vorsicht mit dem Schwarzen Peter!

Von nun an verbrachte ich sehr viel Zeit auf offenen Meetings der Anonymen Alkoholiker und sah zum ersten Mal die andere Seite der Medaille. Ich wusste nicht wirklich, warum Abdulcadir trank und vor allem nicht, wie er sich dabei fühlte. Ich hielt ihn abwechselnd für schwach, zerstörerisch, gleichgültig, krank, verrückt oder verzweifelt. Ich hasste und ich liebte ihn, hatte Mitleid und in der nächsten Sekunde Mordgedanken, Angst vor ihm und Sehnsucht nach ihm. Den Anonymen Alkoholikern, die aufrichtig und mutig ihre Geschichten vom Überleben und von der Gnade Gottes erzählten – und nicht einer zweifelte daran, dass es Gottes Gnade war, die ihn »trockengelegt hatte« – verdanke ich sehr viel, am Ende die Fähigkeit, gehen zu können und Abdulcadir wieder als einen kostbaren Menschen zu achten.

Ich hatte mich verändert. Täglich las ich in meiner Alanon-Literatur, betete viel, bat um Gelassenheit, versuchte, meinen Alltag geordnet und friedlich hinzubekommen, meinen Verstand nicht zu verlieren und Abdulcadir trotz allem zu achten. Aber es war schwer. Wenn ich dienstags von den Gruppenstunden nach Hause kam und das Kabel quer im Flur lag, bedeutete es, dass er betrunken war und mit Somalia, Kenia oder Djibuti telefonierte, was ein Vermögen verschlang. Inzwischen war der Krieg in Somalia ausgebrochen und Abdulcadirs Verzweiflung grenzenlos geworden. Jetzt gab es kein Halten mehr. Seine Aggression gegen alles und jeden hatte jetzt eine letzte Grenze überschritten. Wir weinten und beschworen die noch übriggebliebenen Heiligen – viele waren es ohnehin nicht mehr – versprachen uns das Blaue vom Himmel, täuschten Trennungen an, um dann wieder verzweifelt hintereinander herzulaufen. In einer nächtlichen Aktion schlug Abdulcadir mir einen Keramikbecher auf den Schädel, so dass ich blutüberströmt mit Mariam aus dem Haus flüchten und ins Krankenhaus fahren musste. Von da an schliefen wir nicht mehr zu Hause, sondern tingelten durch die Gegend. Selbst Mariam, meiner kleinen Nomadin, wurde es mittlerweile zuviel, und traurig bat sie mich eines Tages, mal wieder in ihrem Bett schlafen zu können. Ganz nüchtern dachte ich darüber nach, was eigentlich passieren würde, wenn ich Abdulcadir in Notwehr, mit dem Bügeleisen beispielsweise, erschlagen würde.

In den Gruppenstunden hatte ich unzählige Male beteuert, dass ich niemals, niemals meinen Mann würde verlassen können, was auch immer noch passieren sollte, und befand mich mit dieser Aussage in bester Gesellschaft zwischen mitunter klugen und schönen Frauen, die regelmäßig geprügelt und vergewaltigt, betrogen und beklaut wurden, die ganze Familien finanziell durchbrachten, abends Scherben und Kotze fegten und einfach nicht gehen konnten. Ich hatte inzwischen vieles begriffen, war endlich erwacht und sah, dass es kein böser Traum, sondern böse Wirklichkeit war. Ich hasste Abdulcadir nicht mehr, aber ich war mir sicher, dass ich mit ihm zugrunde gehen würde. Das Band zwischen uns beiden schien trotz allem unzertrennbar.

Eine Frage der Gnade

Eines Morgens wachte ich auf und spürte sofort, dass sich etwas verändert hatte. Es war wie nach einem furchtbaren nächtlichen Sturm. Friedlich strich ein seichter Wind über das Land. Ich stand auf und wusste, dass die Zeit gekommen war, um zu gehen. Es gab keinen Zweifel mehr, keine einzige Frage, was denn nun werden und wie es finanziell und mit dem Kind und überhaupt gehen sollte. Alles war klar. Schon vor Wochen hatte ich in einer Wohnanlage Schilder gesehen, auf denen möblierte Appartements zur Vermietung angeboten wurden. Ich nahm mir einen Tag frei, fuhr dorthin, lieh mir die unverschämt hohe Kaution, bezahlte sie, unterschrieb den Mietvertrag, fuhr zurück nach Hause, packte meine Kleidung in einen Koffer, Mariams Kleidung und Spielzeug in einen anderen und schrieb einen Brief an Abdulcadir:
»Lieber Abdulcadir, heute ist der Tag gekommen, an dem ich gehen werde. Ich lege die Verantwortung für dein Leben endlich dahin, wo sie hingehört – in deine Hände. Ich übernehme die Verantwortung für Mariams und für mein Leben. Ich achte und ich liebe dich und wünsche dir, dass du jetzt den richtigen Weg finden wirst. Gott schütze dich. Deine dich liebende Frau.« Ich zog die Tür hinter mir zu und holte mein Kind aus der Schule ab.

Das Band, das mir so unzertrennbar vorgekommen war, war nun doch durchtrennt worden. Plötzlich keinerlei Hass und Groll mehr zu empfinden, plötzlich frei zu sein und gehen zu können, plötzlich die Dinge am richtigen Platz zu sehen und wieder Liebe zu spüren für einen Mann, der mein Leben dermaßen auf den Kopf gestellt und mich schwer verletzt hatte, das alles kann ich nur als ein Geschenk Gottes und als Zeichen seiner Gnade deuten.

»Dem Nicht-Wissen Raum geben«

Nun brachen für uns sehr schwere Zeiten an. Zum einen musste ich viele Dinge organisieren, brauchte eine einstweilige Verfügung für das alleinige Sorgerecht, musste überall verkünden, dass man sofort die Polizei rufen müsse, wenn Abdulcadir auftauchen sollte. Ich wusste nicht, zu was er in seiner betrunkenen Verzweiflung im Stande war. Zum anderen unterschrieb ich eine Bürgschaft über 20.000 Mark für ihn, verzichtete auf jegliche Unterhaltszahlungen und bekam nach einem Eignungstest ein Stipendium an einer Wirtschaftsakademie. Und: Ich hatte eine kleine, schwer traumatisierte Tochter zu versorgen. Sie fing wieder an, in die Hose zu pinkeln, träumte in der Schule vor sich hin und weinte viel. Ich nahm in dieser Zeit ungefähr 35 Kilo zu, bestand nur noch aus Angst und Schuldgefühlen und konnte kaum noch ausatmen. Nach acht Uhr abends machte ich die Tür nicht mehr auf, schob meinen Rechner davor und schlief mit einem langen Brotmesser unterm Kopfkissen.

Bei Alanon spielte ich alle Varianten von Dingen durch, die jetzt passieren konnten – von Mariams Entführung bis zum blutigen Familiendrama. Meine Alanon-Freundin Annelie sagte damals zu mir: »Du kannst ganz sicher sein, Martina, dass etwas passieren wird, das du dir nicht ausdenken kannst.« Ich hatte keine Ahnung, was das sein sollte, glaubte, alles Denkbare bereits durchgespielt zu haben. Doch sie sollte recht behalten.

Nach einem halben Jahr legte Abdulcadir seinen Pass auf den Tisch im Wohnzimmer (er war in all den Jahren niemals ohne Pass aus dem Haus gegangen) und verschwand spurlos.

Er hinterließ mir eine sehr verwahrloste Wohnung, für die er ein halbes Jahr lang keine Miete mehr gezahlt hatte und bei der Strom, Gas und Wasser abgeklemmt waren, eine Räumungsklage unterm Sofa, eine Telefonrechnung von einigen Tausend Mark, eine Bürgschaft, für die ich in voller Höhe geradezustehen hatte, und ein paar längst angemahnte Rechnungen, also alles in allem mit Zinsen einen stattlichen Schuldenberg. Zudem musste ich die nun notwendige Scheidung zahlen, die ungefähr zwei Minuten dauerte, und meine Rentenansprüche abtreten. »Meine Güte, haben Sie das denn nicht gewusst, dass Sie in allen Verträgen drinhingen und im Zweifelsfall würden zahlen müssen?«, fragte mich mein Scheidungsanwalt mit großem Befremden. »Was um alles in der Welt hat Sie denn zu einer solchen Blauäugigkeit veranlasst?«

»Liebe«, antwortete ich ihm lakonisch. »Liebe und Hoffnung.«

Auf dem Weg

Ich hatte meinen Vermietern versprochen, die Wohnung schleunigst zu räumen, innerhalb einer Woche, und meine Mietrückstände zu begleichen. Dafür wollten sie die Räumungsklage zurückziehen. Ich hatte ihnen mein Wort darauf gegeben. Aus dem Keller zog ich mir nun nach Feierabend mit einem Verlängerungskabel eine Baustellenlampe hoch in die Wohnung und begann, mein Hab und Gut und alles, was Abdulcadir gehört hatte, in Mülltüten zu packen. Es war bereits nasskalter Herbst und ich musste meinen Anorak anbehalten. In der Wohnung war es gespenstisch wie in einem alten Schloss und jedes Geräusch ließ mich zusammenzucken. Mir schauderte, weil ich mir vorstellte, plötzlich würde Abdulcadir hinter mir stehen und mich beobachten. Das war also geblieben von meiner großen Liebe, von dem, was in München so hoffnungsvoll im frischen Schnee begonnen hatte. Die allerbesten Absichten und meine Bereitschaft, selbst einen schon holprigen und gefährlichen Weg noch mitzugehen, hatten nicht ausgereicht. Ich hätte alles getan, wenn sich damit das Ruder noch hätte rumreißen lassen, aber das Spiel war verloren. Was für eine Tragödie. Wie entstellt Abdulcadir am Ende durch seine Alkoholkrankheit war. Nichts war wiederzuerkennen von dem so brillanten, interessanten und überaus liebenswerten Mann, der er auch gewesen war.

Vorsichtig nahm ich seine Hemden und Pullis aus dem Schrank und roch daran. Ich weiß nicht, wie ich die drei Abende in der kalten und dunklen Wohnung überstand, allein mit all meinen schmerzhaften Erinnerungen, zwischen Kleidungsstücken, Zeitungen, Fotos und Liebesbriefen.

Was für wunderbare Briefe hatte Abdulcadir mir zu Beginn unserer gemeinsamen Zeit geschrieben. Ich setzte mich auf das Bett, öffnete eine Kordel, die einen Stapel Briefe zusammenhielt, und begann einen davon zu übersetzen: »*...Dein Papa ist ja richtig eifersüchtig. Er will dich nicht hergeben, mein Schatz. Und ich verstehe das nur zu gut! Wie stolz er auf dich ist. Weißt du eigentlich, dass er mich bedroht hat, sollte ich dich schlecht behandeln. Ich werde wohl um dich kämpfen müssen. Ach, wie freue ich mich darauf, dir Italien zeigen zu können. Und erst meine Heimat Somalia! Du wirst Augen machen. Sie werden dich alle lieben! So wie ich! Na ja, ein bisschen weniger wohl.*«

Mein Vater und Abdulcadir hatten sich gemocht. Oft waren sie in Köln gemeinsam losgezogen und erst nach Mitternacht die Treppe wieder hochgestolpert gekommen: beide sturzbetrunken. Ich erinnerte mich jetzt wieder an eine Nacht im November. Ich hatte damals alle Hände voll damit zu tun, sie ins Bett zu manövrieren: meinen Vater in unser Bett und meinen Mann auf das Sofa im Wohnzimmer. Beide waren so betrunken, dass sie nicht mehr wussten, wo sie waren. Beide riefen abwechselnd nach mir und wollten Wasser, etwas zu essen, noch ein Bier, Unterhaltung, einen Kuss und das Telefon. Abdulcadir wurde irgendwann eifersüchtig und schnauzte mich wütend an, wo ich denn immer hinrennen würde. Und mein Vater schrie aus dem anderen Zimmer, warum ich mich nicht um ihn kümmern würde, wo er überhaupt wäre und dass er nach Hause wolle. Unsere alte Nachbarin war durch den Lärm inzwischen auch wach geworden, klingelte an und fragte mich mit ängstlicher Stimme, ob alles in Ordnung wäre. Auch das noch! Verzweifelt rannte ich zwischen Schlaf- und Wohnzimmer hin und her und hoffte, dass wenigstens einer von den beiden endlich einschlafen würde. Zudem hatte ich Angst, mein Vater könnte nachts aufstehen und die Treppe, die sich gleich neben dem Schlafzimmer befand, runterstürzen. Er war doch keine Treppen gewohnt. Als Papa eingeschlafen war, kümmerte ich mich um meinen tobenden Mann und legte mich, als dieser dann auch endlich schnarchte, auf den Fußboden vor die Schlafzimmertür. Ich musste meinen betrunkenen Papa doch bewachen.

In der letzten Phase meiner Ehe hatte ich oft den gleichen Traum: Ich war in einer Wohnung eingesperrt, die aus einem langen Flur bestand. Auf der rechten und linken Seite des Flures befanden sich unzählige Türen und hinter den Türen tobten betrunkene Männer. Ich lief von Zimmer zu Zimmer, erzählte ihnen Geschichten, bediente, besänftigte und versorgte sie – mit Suppe, Spaghettis, Getränken und allem, wonach sie verlangten. Ich zog sie aus, heuchelte gute Laune, gab ihnen Küsse und half ihnen beim Pinkeln. Sie küssten, beschimpften und schlugen mich. Schweißgebadet rannte ich von Zimmer zu Zimmer und durfte mir auf keinen Fall anmerken lassen, in welcher Not ich mich befand und dass ich noch ein ganzes Dutzend anderer Männer zu versorgen hatte. Irgendwann im Morgengrauen wurde es dann nach und nach still hinter den Türen und ich konnte aufatmen. Und erst dann merkte ich, dass ich selbst gar kein Zimmer hatte, nicht einmal einen Schlafplatz.

Kein Mensch, der es nicht selbst erlebt hat, kann sich auch nur ein Bild davon machen, was sich hinter den Türen von Alkoholikerfamilien wirklich abspielt. Es sind nicht nur Katastrophen und menschliche Tragödien. Die Ereignisse markieren ein Ende. Ich erinnere mich, dass ich als Kind oft nach den verheerenden Nächten, wenn die Scherben gefegt waren, in mein Bett schlich und nichts mehr dachte und nichts mehr fühlte. Absolut nichts. Es war, als gäbe es nach diesen Nächten die Welt nicht mehr. Als hätte alles aufgehört zu sein. Und auch wenn ich mich hier redlich bemühe, meine Erlebnisse präzise zu beschreiben: Das Eigentliche bleibt am Ende doch unbeschreibbar. Unsäglich.

Ich packte die Briefe zusammen und warf sie ungebündelt in einen Müllsack. Es war bitterkalt in der Wohnung und es wurde Zeit, fertig zu werden. In einer Anzeige hatte ich meine Wohnungsauflösung angekündigt und ließ ein paar Tage später unsere gesamten Möbel von schmuddeligen Händlern, von Abzockern und armen Würstchen aus der Wohnung tragen. Ich wollte nichts mehr davon haben und brauchte jetzt jeden Pfennig.
Freunde hatten mir ihre Hilfe angeboten, aber ich wusste damals, dass ich den Weg nur allein würde gehen können. Auf diese Sicherheit, auf den untrüglichen Instinkt zu wissen, wann ich einen Weg gehen muss, habe ich mich schon immer verlassen können, an allen Scheidewegen und wichtigen Wendepunkten in meinem Leben. Es bedeutete keinesfalls, dass ich zu diesem Zeitpunkt gewusst hätte, wohin mein Weg führte oder wie gefährlich er unter Umständen werden könnte, aber darum ging es auch nicht. Es ging eher um Instinktsicherheit und den Mut, wie eine Kriegerin den Weg anzutreten. Ich erinnerte mich wieder an die Frage, die ich Gott gestellt hatte, als ich zu meiner Hochzeit gefahren war: was er nur mit mir vorhabe. Auf diese Frage hatte ich noch immer keine Antwort.

Schlaf ohne Schlüssel

Nachdem wir nun nichts mehr hatten außer zwei Koffern und einem Berg von Schulden, richteten wir uns in unserer Bleibe, die einer meiner Freunde »die Bienenwabe« nannte, provisorisch ein. Wir mussten erst einmal zur Ruhe kommen und wieder festen Boden gewinnen. Als nächstes Ziel, wenn auch in weiter Ferne, lag eine neue, größere Wohnung und vielleicht sogar wieder das eine oder andere eigene Möbelstück. Mariam ging zur Schule, ich machte meine Ausbildung, lernte viel und arbeitete nebenbei. Abends schliefen wir sehr früh ein und versuchten, mit Ordnung und Ruhe etwas innere Stabilität zurückzugewinnen. Wir wagten es nicht, auf den Grund unserer Herzen zu blicken, wo wir fassungslos und getrieben waren und uns die bange Frage stellten, ob Abdulcadir wohl noch leben würde. Der Gedanke, dass er sich umgebracht haben könnte, erschien uns, ohne dass wir es aussprachen, am wahrscheinlichsten.

Durch eine Alanon-Freundin fanden wir eines Tages eine sehr günstige und schöne Wohnung, in die ich zwar noch ein wenig Geld stecken musste, die aber für uns perfekt war. Meine Schwester und mein Schwager standen mir mit Rat, Tat und Geld zur Seite und ermutigten mich, die Wohnung zu nehmen und dort ein neues Bad einzubauen. Ich erinnere mich, wie ich eines Morgens um fünf, nach einer Party, in die Wohnung ging und mich auf den Bauschuttberg setzte, der in meinem Wohnzimmer zwischengelagert war. Ich weiß noch, wie ich damals irre lachen musste, als ich die rausgeschlagene Badewanne und den ganzen Schutt unter mir sah und dass ich mir vorkam wie in einem absurden Theaterstück. Ich war am Ende, verschuldet bis über beide Ohren und schlug aus einer Wohnung das Badezimmer raus, mit Geld, das ich gar nicht hatte. Diese Wohnung – mit einem wunderschönen Badezimmer – wurde später zu einem richtigen Zuhause, wenn man darunter mal einen Ort verstehen will, an dem man sich sicher und geborgen fühlt. Sie war mein erstes richtiges Zuhause.

Eines Nachts wachte ich auf und fühlte etwas Hartes in der Hinterteiltasche meiner Jogginghose. Es war mein Haustürschlüssel, den ich dort aufbewahrte. Vorsichtig nahm ich ihn zwischen meine Finger und zog ihn heraus. In der Sekunde wurde mir klar, dass ich mein ganzes Leben lang nie ins Bett gegangen war ohne meinen Schlüssel. Völlig selbstverständlich hatte ich seit frühester Kindheit meine Schlafanzug- und Jogginghosen danach ausgesucht, ob sie über eine Seiten- oder Hinterteiltasche verfügten. Der Schlüssel ermöglichte es mir, einer gefährlichen Situation entkommen und aus dem Haus rennen zu können und, wenn alles ruhig geworden war, wieder zurückzukommen. In dieser Nacht legte ich nach 25 Jahren zum ersten Mal den Schlüssel auf das Nachtschränkchen und schlief ein – in der noch vorsichtigen Sicherheit, dass ich heute nicht würde flüchten müssen.

Ich begriff, dass es jetzt an der Zeit war nachzudenken. Die Erfahrungen meiner Ehe schwebten wie eine dunkle Wolke über meinem Leben und führten mich weit zurück – in frühe und sehr dunkle Kindertage.

Erinnerungen an meinen Papa

Mein starker Papa, witzig, einfallsreich, schlagfertig. Pfeifend. Ich mit ihm im Garten, im Keller, beim Kohlenschippen. Fahrradtouren. Singend. Gemeinsam auf den Rest der Welt gepfiffen. Bewunderung für ihn. Das tiefe Bedürfnis, seinen Erwartungen an mich zu entsprechen. Kurzgeschorener kleiner Schädel. Aufgekrempelte Hemdsärmel. Burschikoser Schritt. Phantasie-Reisen mit ihm. Gigantische Gesten. Hohes Tempo. Maximale Lautstärke. Verrückte Ideen. Endlose Spinnereien. Realitäten verlassend. Seine schönen Zähne fletschend. Mein Held. Seine Liebe zu mir. Sein Stolz auf mich. Sein Glaube an mich. Doch die Zeit meiner ungestörten, unschuldigen Bewunderung für ihn war kurz. Das Spiel wurde früh unterbrochen. Ich stürzte und begann zu lauern. Ich verstand ihn nicht. Traute ihm nicht. Fürchtete ihn. Ein Fremder. Ein Verhasster. Sein tonloses Pfeifen. Blutige, volltrunkene Stürze vom Fahrrad. Zerschlagene Scheiben, zerbrochene Gläser. Übervolle Aschenbecher. Nächtliches Schnapsholen. Kneipengestank. Geschrei. Verzweiflung. Verfolgungsjagd. Todesangst. Todessehnsucht. Wut. Mordgelüste. Selbstmordgelüste. Vielleicht war's ja meine Schuld. Vielleicht war ich einfach nicht gut genug. Zentnerschwer lastete diese Vorstellung auf meinen kleinen Schultern. Unerträgliche Ohnmacht. Scham. Flehen. Brennende Sehnsucht nach Liebe. Nach Frieden. Und immer und immer die Angst vor der unbenennbaren Katastrophe. Abgrundtiefes Misstrauen. Und nicht mehr ausatmen.

Kellerkind

In der darauffolgenden Zeit ging ich weiterhin zu Alanon und begann parallel dazu, mich mit verschiedenen Therapieformen zu beschäftigen. Ich fand eine sehr gute Gesprächs- und Gestalttherapeutin, nahm im Sauerland regelmäßig an sogenannten »Bibliodrama-Wochenenden« teil und entdeckte dort die Bioenergetik für mich. Ein erstklassiger Kinder- und Jugendtherapeut war ein Freund geworden und ich bat ihn, sich Mariam einmal genauer anzusehen. Mir war klar, dass sie einen ordentlichen Knacks bekommen haben musste durch die Erfahrungen der letzten Jahre, durch die Trennung, das dramatische Verschwinden ihres Vaters und zu guter Letzt sicher auch durch das enge Zusammenleben mit einer völlig verstörten und überschuldeten Mutter. Er sagte damals, wie es seine Art war, nicht viel, aber ein paar wesentliche Dinge, die ich beherzte und die ich zum Leitfaden der darauffolgenden Jahre machte. Er erklärte mir, dass Mariam natürlich traumatisiert sei, aber eine stabile Basis habe. Er riet mir, ihr ein überschaubares und zuverlässiges Zuhause zu bieten und sie niemals in die Situation zu bringen, ihren Vater verteidigen zu müssen. »Wenn du ihn angreifst, muss sie ihn verteidigen. Wenn sie ihn aber verteidigen muss, kann sie niemals zornig werden. Und dann wird sie nicht gesund.« Und noch etwas sagte er damals zu mir: »Den Zeitpunkt, wann Mariam sich mit der Frage nach ihrem Vater beschäftigen will und ob sie es überhaupt je tun will, bestimmt nur sie. Kümmere du dich um deine Angelegenheiten und überlass ihr ihre.«

Ich kümmerte mich also um meine Angelegenheiten. Meine Gesprächstherapie war sehr gut geeignet, um ein erstes Bewusstsein bei mir zu wecken. Ich konnte es üben, die Dinge beim Namen zu nennen, ein paar Techniken erlernen und eine aufrichtige Standortbestimmung machen. Sich aber wirklich einzulassen auf Gefühle, den Deckel zu heben und sich die brodelnde Brühe darunter anzusehen, ist eine andere Sache. Nach den vielen Jahren im emotionalen Niemandsland war ich nicht wirklich da. Ich spürte weder Zorn noch Enttäuschung, weder Angst noch Sehnsucht. Alles war zwar in Ansätzen vorhanden, aber diffus und nicht richtig greifbar. Was ich deutlich spürte, waren Gefühle von Unsicherheit und Minderwertigkeit. Als ich begriff, dass ich mir im Kopf alles fein säuberlich zurechtlegen konnte, dass meine Reflexionen und Erkenntnisse über mich berechenbar bleiben würden und dass ich mir natürlich den Ast, auf dem ich saß, niemals selbst absägen würde, wandte ich mich der Bioenergetik zu. Meine Emotionen saßen in meinen Zellen, tief vergraben. Ich hatte sie, um weiterleben zu können, gut weggepackt und war im Laufe der langen Jahre zu einer Art Verpackungskünstlerin geworden. Nun war es Zeit, den Keller aufzuräumen. Ich stellte fest, dass es einen Weg gab, an die stramm verschnürten Päckchen ranzukommen: über Atmung und Bewegung. Was es dazu braucht, ist Mut, viel Energie und ein uneingeschränktes Vertrauen zu einer erstklassigen Lehrerin oder zu einem Lehrer. Da man selbst nicht wissen kann, welche Bomben überhaupt im Keller liegen und woraus sie zusammengesetzt sind, braucht es einen kompetenten, instinktsicheren und möglichst kräftigen Spezialisten, der Bomben zünden und entschärfen kann. In meinem Fall waren das zwei erstklassige Therapeuten und Bioenergetiker, denen ich sehr viel verdanke. Und so versuchte ich, meine erste Erfahrung zu beschreiben:

»Barfuß auf dem Teppich. Die Beine gegrätscht, fest geerdet, leichte Hockstellung. Völlig verkrampft. Was soll das denn werden? Der Kopf kippt überschwer zur Seite. Im Hintergrund Trommelmusik. Ich höre die Anweisung, die Arme anzuwinkeln und die Fäuste zu ballen. Nach einem tiefen Atemzug sollen wir das Becken kräftig nach vorne stoßen, dabei kurz und befreiend schreien. Entspannen und von vorn. Durchatmen. Nur auf den Unterleib konzentrieren, auf die Gefühle darin. Sie spüren, sammeln und wieder nach vorne stoßen. Angriff. Kraftvoll schreien. Alles rauslassen.

So ein Quatsch. Unwillig folge ich den Anweisungen und finde es peinlich. Wahrscheinlich sehe ich total bescheuert aus. Meine Beinmuskulatur beginnt zu schmerzen. Durch die Muskelanspannung aufkommende Lust im Unterleib. Versuch, sie zu unterdrücken. Schamgefühle. Ich will nicht, dass mich einer so sieht. Zaghafte Laute. Abgelenkt von den anderen, ihren Lauten. Abgestoßen und erregt zugleich. Phantasien von hemmungslosen sexuellen Begegnungen. Liebesschreie. Angst vor der möglichen Eskalation. Vor dem, was da seit Jahren in meinem Unterleib rumort. Eine Bombe, ein Tumor. Gefährliche Unterdrückung. Krämpfe im Leib. Und überall Schmerzen. Öde schweißtreibende Übung. Noch immer im Kopf. Wie ein Liebesakt, der einfach nicht in den Lendenbereich rutschen will. Penetrante Kontrolle, die nicht lockerlässt. Geballte Fäuste. Das Becken stoßartig nach vorn. Atmen. Und wieder. Und wieder. Kräftiger werdende Stimme. Erster Aufschrei. Entladung. Wieder sammeln. Langsam und bedrohlich wächst die Lust. Und die Kraft. Die Stimme wird klarer. Ich ziehe den Pullover über den Kopf aus und werfe ihn achtlos in eine Ecke. Stehe da im verschwitzten Unterhemd. Erotische Spannung in den Brüsten.

Die anderen sind schon weiter. Lassen sich gehen, haben ihre Schamgrenzen bereits weit hinter sich gelassen. Und ich immer noch und immer wieder im Kopf. Du spinnst ja. Was soll das eigentlich werden? So ein Budenzauber. Und dieses blöde Geschrei.
Bleierne Müdigkeit. Trotzdem weiter. Unerbittlich. Die Bewegungen werden runder, rhythmischer. Ich lasse mich von ihnen stoßen. Schließe die Augen. Egal, wie es aussieht. Lustvoller Kontrollverlust. Es gibt sowieso kein Zurück mehr. Jetzt ist alles scheißegal. Das bin nämlich ich. Ich. In meiner ganzen Geilheit. Komm her, mein Schatz, ich zeig sie dir. Ich weck heut Nacht die Monster für dich.
Stop. Zurück in den Kopf: Ich sollte doch wütend werden, nicht geil. Was mache ich wieder falsch? Im Hinterkopf die Anweisung, alles zuzulassen, alles fließen zu lassen. Alles? Ja, alles. Grenzüberschreitungen. Sich hingeben. Selbst vergessen. Ich sauge, verschlucke, verschlinge. Ich werde aufgesogen, verschluckt, verschlungen.
Neben der gigantischen Geilheit erhebt sich jetzt majestätisch die Wut. Mit ihren Begleiterinnen Angst und Hass. Die drei kenne ich schon lange. Endlich der erste wirklich befreiende Schrei aus der Tiefe meines Leibes. Der Schweiß rinnt mir von der Stirn zum Hals runter. Schreie. Laute, kurze, kräftige Schreie. Ich pumpe mich voll mit Luft. Mit Lust. Presse mit aller Kraft. Das Geschwür in meinem Bauch platzt endlich auf. Eiter schießt heraus. Und Blut. Salziger Schweiß fließt den Rücken herunter.

Du Dreckschwein! Wer hat dir das Recht gegeben, mein Leben zu ruinieren? Wer, zum Teufel? Verpiss dich und lass mich in Ruhe! Geh weg, weg, weg! Ich schlage mit dem Kopf, spucke, schreie, stoße das Becken mit aller Kraft nach vorn. Geschlechtsakt. Gebären. Todeskampf. Ich bring dich um.

Ich schwör dir, ich bring dich versoffenes Schwein um. Die Schreie haben sich verselbständigt. Ich kann sie nicht mehr stoppen. Ich kann den Rhythmus nicht mehr unterbrechen. Tränen auf den erhitzten Wangen, Rotze läuft aus meiner Nase. Das nasse Hemd klebt an den wippenden Brüsten. Ich vergesse, wo ich bin. Ich würge und würge, muss kotzen. Shirley bringt mir einen Eimer und ein Küchenpapier. Warum hast du mir so weh getan. So weh. So weh. Wo ich dich von der ersten Sekunde an von ganzem Herzen geliebt habe. Warum kannst du nicht aufhören zu saufen. Warum nicht. Ich werde dich in Stücke hacken Ich werde dich verbrennen, erhängen, ertränken. Du wirst dafür bezahlen. Der Teufel soll dich holen. Er soll euch beide holen. Ich werde ein Messer in dich bohren, dich mit dem Bügeleisen erschlagen. Du sollst verrecken. Ich schreie auf vor Schmerz. Alle meine Wunden sind jetzt aufgeplatzt und bluten unaufhörlich. Ich schreie meinen Hass in die Welt, bis an ihr Ende. Was muss ich tun, damit du aufhörst. Ich liebe dich, Papa, ich liebe dich doch. Ich liebe dich doch, Abdulcadir. Waakujelahai Ossoble. Ich liebe dich doch. Ich liebe dich. Liebe dich.
Ich bin tief unten in mir angekommen. Bei meiner Gier und meiner Geilheit, meiner Unersättlichkeit und ständigen Übelkeit, bei meinem Zerstörungswahn und meiner Zärtlichkeit, bei Hass und tiefem Schmerz, bei Todesangst und Todessehnsucht, bei meiner Liebe, meiner Liebe. Ich falle tränenüberströmt auf die Knie. Mein ganzer Körper zittert. Ich friere. Shirley deckt mich zu, streichelt mir liebevoll über den Kopf. Ich rolle mich zusammen. Ihre Berührungen sind mein Universum. Ich lächle und schlafe weinend ein.«

Papas Tod

Kurz vor Weihnachten zuckte mein Vater dreimal neben mir im Auto und verlor dann das Bewusstsein. Seine Zunge hing geschwollen im linken Mundwinkel. Die Augen waren so verdreht, dass nur das Weiß zu sehen war. Haut wie Schnee, blutleere Lippen. Meine Tochter saß hinter mir, meine Mutter hinter ihrem vielleicht schon toten Mann. Ich fühlte nichts. Gar nichts. Völlig ruhig und unbeteiligt bat ich meine Mutter, auf mein Kind aufzupassen. Ich würde Hilfe holen. Verregneter nebliger Freitagabend, Bundesstraße 224. Das Auto, das ich stoppte, war ein Mercedes. Vorne auf der Ablage hatte der Fahrer ein kleines Weihnachtsbäumchen aufgebaut, das bunt leuchtete. Aus seinem Kassettenrecorder dudelte leise auf Unterhaltung getrimmte Weihnachtsmusik. Der nette Mann versprach mir sofort jede Form von Hilfe und sah so aus, als würde er für gewöhnlich seine Versprechen halten. In der naheliegenden Wohnsiedlung stürzte ich in das erste Haus und klingelte unten links. Dem älteren Ehepaar erzählte ich von dem Zwischenfall, während ich gleichzeitig die Nummer der Feuerwehr wählte und nach der genauen Adresse fragte. Das Telefon, mit grünem Samt überzogen, stand auf einer Ablage. So einen Samtbezug hatten wir auch mal gehabt, in Rot, aber später dann wieder abgemacht, weil wir Kinder ihn zu kitschig gefunden hatten. An den Wänden hingen Hochzeitsbilder von zwei jungen Pärchen und Bilder von Enkelkindern. Die Küche klein und sehr sauber. Auf der Spüle lag der Kronenkorken einer Bierflasche. Ein dünnes Holzbrettchen stand hinter dem Wasserkran. Ich gab am Telefon an, wo wir uns befanden und schilderte kurz, was passiert war. Beim Abschied sah ich in die besorgten Augen der netten Frau. Vielleicht wird ja doch noch alles gut. Und trotz allem, schöne Weihnachten.

Meine Mutter hatte nicht auf mein Kind aufgepasst. Sie saß völlig bewegungslos so da, wie sie vorher schon da gesessen hatte. Übereinander gelegte Hände. Ihre Geste bei Verzweiflungen aller Art. Meine Tochter Mariam war an der Fahrerseite aus dem Auto gekrabbelt und hatte ihren geliebten Opa angefleht, doch etwas zu sagen. Sie hatte ihm die Krawatte geöffnet und war, als er einfach nicht reagieren wollte, dazu übergegangen, ihn zu wiegen, zu küssen und ihm zu versichern, dass sie doch bei ihm wäre. Bitterliche Tränen. In der Zwischenzeit war die Polizei aufmerksam geworden und hatte parallel zu mir den Notarzt angerufen. Papa lag jetzt reglos auf der nassen Straße. Beim Herausziehen aus dem Auto hatte er einen Schuh verloren. Die Polizisten knieten neben ihm, versuchten, ihn zu beatmen. Mein Kind rannte besinnungslos die Straße auf und ab, schlug mit den Armen, spuckte, weinte. Schrie, dass sie auch nicht mehr leben wolle. Erst sei ihr Papa verschwunden, und jetzt würde auch noch ihr Opa sterben. Er dürfe einfach nicht sterben. Er dürfe sie nicht auch noch alleine lassen. Ich hatte Mühe, sie zu beruhigen und Angst, sie würde in ihrer Verzweiflung auf die Fahrbahn geraten. Da in kurzen Zeitabständen zwei Notärzte eintrafen, bat ich einen der beiden, nach meiner Mutter zu sehen. Kurz erklärte ich, sie sei Diabetikerin. Bei ihr war alles in Ordnung. Mein Vater wurde abtransportiert – nach langen Wiederbelebungsversuchen, die zum Schluss irgendwie gelungen waren. Allerdings war sein Zustand sehr instabil, wie die Ärztin besorgt sagte. Ich steuerte das Auto seelenruhig – und darüber selbst befremdet – nach Dorsten, wo meine

Schwester wohnte, um meine Mutter und Mariam dort abzusetzen. Danach würde ich wieder ins Krankenhaus fahren. Ich war sicher, dass ich meinen Vater verloren hatte.

Ich hatte mich einen Moment gesetzt, um auszuruhen und als ich nun vom Sofa aufstehen wollte, spürte ich meine Beine nicht mehr. Unter dem beinlosen Körper gab es keinen Boden. Ich schien in einen Abgrund zu stürzen. Beinlos, ohne eine Chance, auf Füße zu fallen. Mein Kopf war eine Bleikugel. Ich hatte pochende Schmerzen.

Auf der Fahrt zum Krankenhaus stieg plötzlich eine unbändige Wut in mir auf. Und panische Angst. Und Sehnsucht. Und Trauer darüber, dass Papa gestorben sein könnte, ohne dass ich mit ihm hatte sprechen können. Womöglich hatte die Zeit nicht mehr gereicht. Mein Papa. Mein verhasster geliebter Papa. Mein Idol. Meine Verzweiflung. Mein Seelenverwandter.

Doch er lebte. Aber als ich ihn später in der Nacht wiedersah, war ich eher irritiert als erleichtert. Er lag mit einem dünnen Baumwollaken bedeckt auf der Intensivstation an der Herz-Lungen-Maschine, war in ein tiefes Koma gefallen, abgetaucht in eine andere Welt. Die Ärzte waren unsicher, was eigentlich genau passiert war, und machten vor allem keine Aussagen darüber, was nun passieren würde. Würde er überleben? Würde er sterben? Sie hatten das getan, was sie hatten tun müssen, jetzt waren sie ratlos. Sie hüteten sich, Hoffnungen zu nähren. Und sie hüteten sich, Hoffnungen zu zerstören. Wir mussten einfach nur warten. Wieder einmal warten. Darin waren wir allerdings geübt, denn wenn wir eines mit ihm gelernt hatten, dann das Warten.

Ich berührte Papas kalte Schulter. In den letzten drei Stunden war er steinalt geworden. Ich küsste seine Stirn und weinte. Plötzlich spürte ich meine lebenslange Liebe zu ihm, die auf härteste Proben gestellt worden war. Eine stabile, belastbare, widerstandsfähige Liebe war daraus geworden, trotz der tausend Risse. Ein wilder Dickhäuter, der allen Stürmen trotzt und alle Zeiten überdauert. Im Grunde und am Ende unzerstörbar. Eine wortlose Liebe. Eine Liebe, die aus einer tiefen inneren Verbindung entstanden war und die außen keine richtige Form gefunden hatte. Eine große Idee von Liebe, auf die er bauen konnte. Immer schon. Und bis in alle Ewigkeit.

Ich fragte mich, warum man ihn bloß wiederbelebt hatte. Damit ihm eine Maschine jetzt diktieren sollte, wann sein Herz zu schlagen und sich seine Brust zu heben hatte? Einem Mann, dem seine Unabhängigkeit über alles gegangen war. Dass sich die Wiederbelebung noch als großes Geschenk erweisen sollte, ahnte ich in dieser Nacht noch nicht, in der ich müde, verängstigt und erschöpft zurückfuhr. Es gab jetzt nichts mehr zu tun.

Papa hatte die Nacht überlebt. Wir hatten sie überstanden. Ohne Schlaf, mit von Tränen geschwollenen Augen. Wir hatten unsere verzweifelten Kinder getröstet, ihre Angst ausgehalten, mitgetragen. Wir hatten gefroren, geweint, gewimmert, gezittert, waren ganz ruhig geworden und hatten gegen unsere schneller schlagenden Herzen angeatmet, mit fest ineinandergefalteten Händen gebetet und versucht, unser Schicksal vertrauensvoll in die Hände des Himmels zu legen. Erinnerungen an unheilvolle Kindertage. Wieder der Traum von einer gütigen Macht, die uns verschonen würde. Wir hofften, dass sich alles als nicht wahr herausstellen würde.

Wir wussten, dass es nicht so sein würde. Wir fragten uns, wie wir Weihnachten überstehen sollten, ohne verrückt zu werden. Wir wussten, dass wir nicht verrückt werden würden, und standen auf, um uns zu waschen und um zu frühstücken wie an jedem Tag.

Die Maschine, an die Papa angeschlossen war, gab furchterregende Geräusche von sich. Der Raum war neonbeleuchtet und hell. Papa wirkte mickrig und fremd zwischen den gigantischen Zeugen des medizintechnischen Fortschritts, zwischen Kabeln, Schläuchen, Kanülen und Nadeln. Er war reduziert auf ein Wesen, das mit Flüssigkeiten aus einer Plastikflasche ernährt wurde und seltsam anmutende Flüssigkeiten ausschied, die ebenfalls in große Plastikbeutel liefen. Auf einem weißen Regal lagen sein Atemspray und die Armbanduhr, in einem blauen Müllsack neben dem Bett steckte seine zerschnittene Kleidung, die er am Tag zuvor für die Weihnachtsfeier so sorgfältig ausgewählt hatte. Hier war kein Platz für Persönliches. Keine Blume, kein gemaltes Bild von den Enkelkindern. Die blauen Flecken an seinem Körper verursachten bei mir eine Phantasie davon, was mit ihm wohl alles passiert sein musste, bis er endlich, mit einem Laken bedeckt, in diesem Bett ausruhen durfte. Mein armer Papa. Gott sei Dank sah er ganz friedlich aus, und nichts deutete auf Schmerzen hin. Er lag da, als schliefe er.
Jetzt stand ich hier an seinem Bett, vielleicht an seinem Sterbebett, und die Verzweiflung darüber, dass ich es damals nicht geschafft hatte, ihm zu seinem 70. Geburtstag eine Rede oder ein Gedicht zu schreiben, befiel mich plötzlich wie ein Blitz. Ich sah die erwartungsvollen Blicke, die er am Abend seines Geburtstages ständig zu mir herübergeworfen hatte, spürte seine bittere Enttäuschung, fühlte noch einmal

meine Ratlosigkeit, meine Verzweiflung vor den weißen Papierbögen. Jetzt umfasste ich ihn, legte meinen Kopf auf seine Brust und weinte. Ich erzählte ihm von meiner Zerrissenheit, von meiner Sehnsucht danach, seine Erwartungen doch noch irgendwie erfüllen zu können. Ich bat ihn inständig darum, mir zu verzeihen, bevor er sterben würde. Aus Papas geschlossenen Augen flossen Tränen. Ich drückte mein Gesicht auf seins, küsste die salzige Flüssigkeit von seinen Wangen und wusste, dass er mir verziehen hatte.

In der Zeit seines Komas wurden Tests aller Art durchgeführt, um zu prüfen, ob er irgendwelche Reaktionen zeigte. Papa reagierte weder auf Licht noch auf Geräusche, nicht einmal auf Schmerz. Dennoch wurde er von Ärzten und Schwestern immer beim Namen genannt, und man erklärte ihm jedes Mal, was man machen würde. Verschiedene Ärzte sagten uns unabhängig voneinander, dass man trotz aller Tests nicht sicher sein könne, was er letztendlich noch hört oder spürt. Am Ende aller medizinischen Verfahren, aller Untersuchungsergebnisse und Statistiken beginnt der Glaube und die ganz individuelle Vorstellung von dem, was Menschen mit dem Leben und dem Tod verbinden. Sterben, gebären und geboren werden sind für mich die Schnittpunkte, an denen unser Leben für einen Augenblick einen anderen Bewusstseinszustand streift – aus einer Dimension kommend, in eine andere Dimension übergehend. Wir bewegen uns fortwährend wie in einem Rhönrad. Unsere Seelen flattern an den Griffen des Innenrades und drehen uns gekonnt durch den ewigen Kreislauf von Werden und Vergehen.
Ich bin sicher, und nichts auf der Welt kann diese Gewissheit erschüttern, dass Papa, obwohl er aus seinem tiefen Koma nicht mehr erwacht ist, an diesem Tag und an den folgenden

elf Tagen alles gehört und gefühlt hat. Vielleicht aus einer anderen Dimension. Vielleicht längst über seinem eigenen Bett schwebend, als Zuschauer dieses seltsamen Spektakels. Vielleicht nur noch oder schon in der Zwiesprache unserer Seelen miteinander.

Die Lage blieb weiterhin unverändert. Die Ärzte baten uns um Informationen über den Gesundheitszustand, in dem Papa bis zum Freitag gewesen war, fragten uns, welche Medikamente er eingenommen hatte. Beim Zusammenstellen der Liste fiel mir auf, dass er ein wirklich kranker Mann war, was selbst wir oft übersahen, da er gut und gesund aussah und vor allem sehr bemüht war, den Kopf nicht hängen zu lassen. Tatsächlich reichten seine gesundheitlichen Probleme jedoch von Herzbeschwerden über eine chronische Bronchitis bis zu quälendem Asthma, und vor gut einem Jahr war zudem Prostatakrebs diagnostiziert worden, der medikamentös behandelt wurde. Manchmal, wenn er sich unbeobachtet fühlte, wagte ich einen etwas genaueren Blick in seine Augen und sah darin abgrundtiefe Angst und Verzweiflung. Ich spürte seit Langem schon, dass ich ihn verlieren würde.

Am ersten Schultag meiner kleinen Nichte Katharina hatten wir in einer Turnhalle gestanden, er an dem einen Ende, ich am anderen. Und ohne dass er mich sehen konnte, beobachtete ich ihn damals eine ganze Weile und bemerkte, wie grau und alt er plötzlich aussah. Ich versuchte, meine Angst zu verdrängen, sie zu verjagen, wie man lästige Fliegen verjagt, und war über mich selbst entsetzt. Ich redete mir ein, dass ich spinnen würde. Gleichzeitig fühlte ich aber einen brennenden Schmerz und in dieser Sekunde wusste ich so sicher, wie ein Mensch nur sicher sein kann, dass er bald sterben würde. Mit mühsam zurückgehaltenen Tränen fragte ich mich damals, wie es wohl sein werde, ihn zu verlieren. Hinter seinem Sarg herzulaufen. Meinen Papa für ewig in einer Kiste zu vernageln. Im Winter an seinem Grab zu stehen. Ihn vielleicht ohne Aussprache gehen lassen zu müssen. Und ohne seinen Segen.

Die Ärzte teilten uns mit, dass sie versuchen wollten, ihn von der Herz-Lungen-Maschine zu entwöhnen. Nach kurzer Zeit atmete Papa selbstständig und sein Herz schlug, für alle überraschend, ruhig und gleichmäßig. Das sah ihm wieder mal ähnlich! Ich war überglücklich, und wenn ich auch im Grunde nicht glaubte, dass er noch lange zu leben hätte, so war ich heilfroh, dass er – und nur er – den Zeitpunkt seines letzten Herzschlages und seines letzten Atemzuges würde bestimmen können.

Natürlich fragte man uns, ob man im Falle eines Herzstillstandes eine erneute Wiederbelebung durchführen sollte, und natürlich sagten wir alle unabhängig voneinander, wenn auch schweren Herzens: »nein«. Die direkte Konsequenz unserer Entscheidung war, dass Papa umgehend von der Intensivstation runtergebracht wurde in ein kleines karges Zimmerchen, am Ende eines Ganges, abseits des geschäftigen Krankenhaustreibens. Er wurde ins Sterbezimmer gelegt. Hier war seine Endstation.

Ein letztes Mal ging ich auf die Intensivstation, um den Müllsack mit seiner Kleidung abzuholen, den einen Schuh, den er getragen hatte – der andere lag nach wie vor in meinem Auto, und ich hütete mich, ihn zu berühren – und seine Armbanduhr, die am Tag vor seinem Zusammenbruch stehen geblieben war. Nichts Ungewöhnliches für die meisten Menschen. Unbegreiflich jedoch für einen, der Zeit seines

Lebens mit pedantischer Genauigkeit darauf geachtet hatte, dass keine seiner zahlreichen Uhren auch nur eine Sekunde nachging. Wusste er, dass seine Zeit abgelaufen war?

Am Sterbebett eines geliebten Menschen zu stehen, ist eine außergewöhnliche Erfahrung. Ich hatte es mir tausendmal vorher vorzustellen versucht, in der kindlichen Hoffnung, dass es vielleicht in Wirklichkeit dann nicht so schlimm werden würde. Tatsächlich ist in Wirklichkeit alles ganz anders. Auch hier können wir nichts tun als unserem »Nicht-Wissen Raum geben«, wie Pema Chödrön es formuliert. Ich stand an seinem Bett und vor meinem Auge lief ein Film ab, eine Collage von Szenen, Bildern, Klängen, Wortfetzen, Erinnerungen. Details. Kleinigkeiten, vermeintlich Alltägliches. Damals unwichtig, unverständlich. Plötzlich, so nah am Tod, erscheint alles in einem anderen Licht, bekommt Bedeutung und Sinn und wird zu einem Glied in einer Kette von tieferen Zusammenhängen.

Papa lag in seinem kleinen Zimmer, atmete schwer und manchmal erschreckend unregelmäßig. In seinem Brustraum brodelte es unaufhörlich. Man pumpte literweise Wasser aus seinen Lungen, gelb-bräunliche schleimige Flüssigkeit. Es war schwer, an diesem Bett, so nah bei ihm, den eigenen Atemrhythmus nicht zu verlieren – vor lauter Angst, er könne ersticken oder ersaufen. Trotzdem sah er wieder fast gesund aus mit seiner rosigen Gesichtsfarbe.

In den ersten Tagen hatten wir immer gemeinsame Besuche abgestattet: meine Mutter, meine Schwester, mein Bruder und mein Schwager. Langsam wurde es mir zuviel, und ich spürte, dass ich mehr und mehr mit ihm allein sein wollte. Ich löste mich aus dem Wollknäuel der trauernden,

erschütterten Familie. Wir hatten in unserem Leben schon zu viele Nächte aneinandergehangen und voller Angst auf den Morgen gewartet. Der Abstand jetzt bedeutete Erlösung. Ich bezog meine eigene Position.
Papa lag in Essen im Krankenhaus, und so beschloss ich, nach Hause zu fahren, in mein Zuhause, und ihn von dort aus allein zu besuchen. Wir waren längst an einem Punkt angelangt, an dem jeder sich auf seine Weise mit Papa in Verbindung zu setzen und sich von ihm zu verabschieden hatte. Und ich wollte ihn auf keinen Fall gehen lassen, ohne endlich das große Schweigen gebrochen zu haben. Wir hatten Unsägliches aushalten müssen, schon als kleinste Kinder, und es gab ein geheimes Familienabkommen. Unausgesprochen lautete es: nie über das, was wir nachts erlebten, zu sprechen. Mit niemandem! Nicht einmal und besonders nicht mit dem, der es verursachte.
In den letzten Tagen meiner Ehe mit einem Mann, der mich liebte wie Papa, der mir weh tat wie Papa, der vor allem soff wie Papa, hatte mich diese ganze gottverdammte, vergessen geglaubte Verzweiflung aus Kindertagen wieder eingeholt. In meinen Alpträumen wurde ich abwechselnd von meinem Mann und von meinem Vater bedroht. Sie soffen gemeinsam. Ich rannte von Zimmer zu Zimmer, versorgte und bekochte sie abwechselnd und wartete weinend und zitternd, bis sie endlich, endlich eingeschlafen waren. Ich hasste sie. Und ich liebte sie. Jedes Detail aus meiner Kindheit war plötzlich wieder präsent, und diesmal ließen sich die Bilder nicht mehr verdrängen.
All das erzählte ich Papa. Er musste es wissen. Ich saß an seinem Bett und hielt seine Hand. Ab und zu musste ich weinen und legte meinen Kopf auf seine Brust. Er sollte meine Wut spüren, von meiner Verzweiflung erfahren. Ich konnte und wollte ihm nichts mehr ersparen, denn er hatte

damit zu tun. Er musste das alles endlich hören. Um in Frieden sterben zu können, und um mich weiterleben zu lassen.

Kurz vor Jahresende, mitten im Sterben meines Vaters, trudelte bei mir ein Päckchen ein, in dem sich eine CD von Pit Janssens befand. Es war ein Geschenk meiner Freundin Dorothee. Auf dieser CD lautete der Refrain eines Liedes: »Es gibt eine Kraft aus der Ewigkeit, und diese Kraft ist grün.« Als ich das Lied hörte, begriff ich plötzlich etwas, was ich nie begriffen hatte. Mein Vater hatte die große Vorliebe, morgens zwischen vier und fünf mit dem Fahrrad durch den Wald zu fahren. Er liebte dieses Ritual über alles und mehr als einmal hatte ich ihn gefragt, warum er das eigentlich mache. Damals hatte er immer seltsam reagiert und war in Erklärungsnot geraten – untypisch für einen Mann, der ansonsten sehr wortgewandt war. Er hatte damals von Stille gesprochen, von Unberührtheit, von Frieden und von Schönheit. Jetzt begriff ich, dass er immer versucht hatte, mir Ewigkeit zu beschreiben. Mit dem CD-Player unterm Arm ging ich ins Krankenhaus und spielte und sang ihm dieses Lied vor. Ich konnte mein Glück darüber, sicher zu wissen, dass er an die Ewigkeit geglaubt hatte, dass er den Ort, an den er nun gehen würde, schon erahnt hatte, nicht beschreiben.

In den frühen Morgenstunden des 31. Dezember 1997 starb mein geliebter Papa, ein Kind aus ärmlichsten Verhältnissen, das viel zu früh seinen Vater verloren hatte, ein wunderschöner Jüngling, den man in den letzten Tagen des Krieges noch als Kanonenfutter verpulvert hatte, der in Russland schwer verletzt worden war, der mit nur einem Lungenflügel hatte weiterleben müssen; ein Mann, der zurückgekommen war und kein Zuhause mehr hatte, der so gern von einer heileren Welt hatte träumen wollen, der aber dem Wahnsinn seines Lebens, seiner Angst, Verzweiflung und seiner Schuld nicht entkommen konnte, der seine Erinnerungen in zuviel klarem Schnaps ertränkte; ein Mann, der uns über alles liebte und uns nie hat schaden wollen und der uns allen so nachhaltig geschadet hat; einer, der – trotz allem – an Poesie glaubte, an Musik, an Freude, der Humor besaß und eine unbändige Lebenskraft und der sein ganzes Leben lang ein kleines Feldgebetbuch mit sich rumgetragen hatte; ein überaus intelligenter und begabter, hochsensibler und um vieles betrogener Mann, der Dankbarkeit und Demut kannte und der in Sorge war, wir könnten zu schnell vergessen, dass ein warmes Zimmer und ein Teller Suppe nicht selbstverständlich sind. Dieser große Mann starb am Silvestermorgen und sein Tod führte mich noch einmal zurück zu meinem verlorenen Mann.

Auf ein Wiedersehen

Der Tod meines Vaters hatte mich tief getroffen. Ich war berührt von der Liebe, die unsterblich zwischen uns war, und dem Himmel dankbar dafür, wie er gestorben war. In den Monaten danach dachte ich immer häufiger an Abdulcadir, dessen Tod wir zuweilen schon befürchteten, und war voller Mitgefühl und Liebe auch für ihn. Und ich erkannte noch deutlicher, dass Mariam jedes Recht der Welt hatte, ihren Vater über alles zu lieben. In meinem Jahresrückblick schrieb ich:

»Mutig mache ich mich auf die Suche und bin mir inzwischen sicher, dass Abdulcadir nicht tot ist. Nach vielen Telefonaten und mit fast detektivischem Geschick erfahre ich, dass er in Holland lebt. Mitte Februar schreibe ich einen Brief an Abdulcadir. Ein erster Kontakt nach sechs Jahren. Ich spüre einen alten Freund in Heidelberg auf, bitte ihn, ihm den Brief zukommen zu lassen. Die Zeit ist jetzt reif. Ich schreibe ihm von Papas Tod. Davon, wie sehr ich meinen Vater geliebt habe. Abdulcadir weiß das besser als sonst jemand. Ich schreibe ihm, dass auch er sich der Liebe seiner Tochter ganz sicher sein kann. Und ihres Zornes. Sage ihm, dass man seinen Vater nie verlieren kann, egal, was passiert. Er lässt mir eine Telefonnummer zukommen, unter der ich ihn Anfang Mai in Deutschland erreichen kann.
Mit zittrigen Fingern wähle ich die Nummer. Seine wunderschöne Stimme trifft mich wieder oder noch immer mitten ins Herz. Ich schluchze. Er schluchzt. Er erzählt mir vom Tod seines Vaters. Hagi hatte ihn angerufen, um sich zu verabschieden. Der kranke, aber nicht lebensbedrohlich

kranke Mann will sich von seinen verängstigten Kindern nicht beruhigen lassen. »Meine Zeit ist abgelaufen, Abdulcadir«, sagt er am Telefon, »Ich möchte, dass du mir ganz genau zuhörst«. Hagi stirbt zwei Tage nach dem Telefonat an einem Herzschlag. Wir weinen gemeinsam über unsere toten Väter.

Ich erzähle Abdulcadir von unserem schwierigen Leben nach seinem Verschwinden, von den unglaublichen Schulden, die er uns hinterlassen hat. Von meinem Bemühen, nicht zu tief zu fallen. Von der Müdigkeit, die mich jetzt mehr und mehr bleiern befällt. Er will uns treffen. Ich habe Todesangst vor der Begegnung. Aber inzwischen habe ich es gelernt, meine Angst an die Hand zu nehmen.

Wir treffen uns am Pfingstsonntag. Auf dem Weg dorthin schlägt mein Herz laut und viel zu schnell. Mariam ist ganz ruhig und wirkt sicher. Ich weiß nicht, was in ihr vorgeht. Schon von Weitem erkenne ich Abdulcadir. Er ist noch immer ein wunderschöner Mann. Zum ersten Mal nach Wochen scheint die Sonne wieder hell. Wir laufen durch die Stadt, in der wir gelebt haben. An unserer alten Wohnung vorbei. Zu dem Krankenhaus, in dem unser Kind geboren ist. Am Rheinufer entlang. Wir trinken Kaffee, wo wir früher Kaffee getrunken haben nach schönen Nächten. Wir lachen. Sprechen italienisch. Schlendern vorbei an Kneipen, aus denen ich ihn damals einfach nicht rausbekommen konnte. Durch die Gassen, durch die ich nachts oft weinend gelaufen bin, wenn er zu Hause randalierte. Ich erzähle ihm davon. Wir halten uns an den Händen. Er weint. Vor Scham, vor Schuld, vor Trauer darüber, dass er sein Kind nicht hat aufwachsen sehen. Dass uns das Ende unserer Geschichte so entglitten ist.

»Was für eine nette Familie Sie sind!«, sagt eine alte Frau auf dem Schiff, mit dem wir über den Rhein schippern. Zum Glück sieht sie hinter den dunklen Brillengläsern unsere Tränen nicht.

Wir schwärmen von Afrika. Von Somalias herrlichem Geruch. Von den Geräuschen. Abdulcadir erinnert mich an den alten Somali, der im Restaurant »Croce del Sud« arbeitete und mich auf eine merkwürdige, fast zärtliche Weise liebte und verehrte. Abdulcadir musste es mir übersetzen, und ich glaubte, er habe etwas missverstanden. Aber er bestand auf »Verehrung«. Abdulcadir erzählt mir, wie sehr mich alle vermissen und ihm böse sind, weil wir nicht mehr zusammenleben. Wir verabschieden uns. »Ich liebe euch«, sagt er traurig. »Wir lieben dich auch«, antworte ich leise, als der Zug in den Bahnhof einfährt. Ja, wir lieben dich auch.«

Muttchen

Meine Tochter Mariam ist früh aus unserer gemeinsamen Wohnung ausgezogen und hat damit für eine große Überraschung gesorgt. Niemals hätte ich gedacht, dass mir ihr Auszug, mit dem ich immer schon gerechnet hatte, so schwerfallen würde. Monate habe ich gebraucht, um wieder Boden unter die Füße zu bekommen, um wieder mit Lust nach Hause zurückzukehren, um durchzuschlafen, um mir nicht ständig Vorwürfe und Schuldzuweisungen zu machen, um nicht bei jeder Feuerwehrsirene aufrecht im Bett zu stehen. Die coole Mutter mit den vielen Freunden und Perspektiven ist eiskalt erwischt worden und entpuppt sich als Heulsuse mit Angst vor Kontrollverlust, als Muttchen mit Hang zur Paranoia.

Wie gerne hätte ich noch ein paar Jahre von Mariam geschenkt bekommen, um einige Dinge wiedergutzumachen. Wie gerne würde ich die eine oder andere Szene noch einmal spielen, und diesmal ganz bestimmt besser. Aber Erziehung ist immer live. Es gibt keine Proben. Es geht rauf auf die Bühne, das Stück läuft ab und ist vorbei. Und dann war es, wie es war. Man kann hinterher eine Menge rezensieren und kritisieren, aber es gibt nichts mehr zu korrigieren. Einiges habe ich sicher gut gemacht. In vielem verdiene ich nicht einmal eine Fünf. Es fällt mir schwer zu erkennen, wo ich mit mir ruhig ein wenig gnädiger sein dürfte und wo gnadenlose Selbstkritik angebracht ist. Eine solches Fragment von Familie hatte ich ihr weiß Gott nicht präsentieren wollen. Ich hatte mir, als ich mich für's Heiraten entschied, eine Familie vorgestellt, die sich gekonnt zwischen zwei Kontinenten bewegt, mit ein paar frischen und aufrechten Kindern, die richtige Weltbürger sind, und mit Eltern, die sich lieben und einen anständigen Spagat hinkriegen. Das Leben hat es anders gewollt. Aus meiner Tochter ist eine sehr aufrechte junge Frau geworden, eine richtige Weltbürgerin. Sie ist es, die den Spagat zwischen den Welten nun allein hinbekommen muss und zudem den vielleicht noch schwereren zwischen Sehnsucht und Zorn, zwischen Trauer und Liebe. Und sie hatte es wirklich nicht leicht, sich gegen eine Mutter durchzusetzen, die sie treffend als »Angstbeißer« bezeichnet.

Sehr früh entscheidet Mariam sich für einen eigenen Weg, zudem für einen, der so ganz anders ist, als ich ihn mir für sie zurechtgezimmert habe. Es wird sich zeigen, wie tragfähig das ist, was ich großspurig »meine Erziehung« nenne. Oder es wird sich zeigen, dass auch bei ihr alles so passiert, wie es passieren soll, und dass sie von mir hoffentlich wenigstens gelernt hat, sich zu ihrem Schicksal »so« oder »so« zu stellen. Wenn ich sie genau ansehe, verfliegt jedoch der ganze Quatsch in meinem Kopf und ich spüre nur meine tiefe Gewissheit, dass sie ihren Weg mit großer innerer Sicherheit gehen wird.

Und Abdulcadir? Von ihm haben wir jetzt seit Jahren schon nichts mehr gehört. Dann und wann taucht er in meinen Träumen auf, sitzt wie selbstverständlich auf meinem roten Sofa, und ich habe meine liebe Not, ihm zu erklären, dass er hier nicht mehr wohnt. Oder ich sehe ihn auf seinem Sterbebett liegen und fliege zu ihm, um mich zu verabschieden und ihn ein letztes Mal zuzudecken. Am Ende war unsere Ehe meine große Chance zu erwachen. Ich verneige mich aufrichtig vor seinem schweren Schicksal und danke ihm für alles, was ich mit ihm erleben und erfahren durfte und dafür, dass er der Vater unserer wunderbaren Tochter Mariam ist. Einen besseren hätte ich nicht finden können.

Dachterrasse

Und ich? Was ist nun aus mir geworden? Meine Aufräumarbeiten im Keller habe ich weitestgehend abgeschlossen. Manche Bombe ist noch detoniert. Vieles ist dabei noch zum Vorschein gekommen. Einiges war zu gebrauchen, anderes musste schnell auf den Sperrmüll. Zumindest dieser Raum im Keller ist jetzt sauber und übersichtlich. Und ich bin weitergezogen. Die Bioenergetik hat mich zum Tantra geführt, zu meinen wunderbaren Lehrern Jharna und Shantam. Gerade erinnere ich mich an das Abschlussritual des Jahrestrainings II: »Nackter Tanz ums Feuer. Rock'n Roll für eine Gruppe durchgeknallter Menschen. Ekstase, ein Parkettboden, der vom Schweiß schwimmt. Alles ist aufgeladen und steht kurz vor der Explosion. Wir spüren, dass das Feuer uns hinausfegen wird ins Leben. Endlich vergesse ich mich vollständig und tanze nur noch leidenschaftlich für die größere Idee, die ich bin. Pure, heilige Hingabe.«

Inzwischen hocke ich immer öfter auf sonnigen Dachterrassen. Ganz entspannt trinke ich dort ein Tässchen Tee und frage mich neugierig, wer da sonst noch ist. Es kann ja nicht sein, dass dem Bekenntnis »Ich heiße Martina und bin Frau und Kind eines Alkoholikers« nichts mehr hinzuzufügen wäre. Bevor ich mich auf das große Abenteuer meiner Ehe eingelassen habe, gab es Pläne, Träume, Leidenschaften. Ich war nicht nur ein Kind, das den Papa aus Kneipen holen und nachts gut Schnaps besorgen konnte. Ich war auch ein begabtes Mädchen, das viele Stunden auf einer Schaukel zubrachte, das etwas wusste vom großen

Zauber und fest an Unverwundbarkeit glaubte. Ich habe immer einen Bleistift bei mir getragen, ein Lied im Ohr gehabt und Dialoge mit Gott geführt, war immer umgeben von Menschen, die mich lieben. »Ich kann nicht glauben, dass sich das unergründliche Universum um eine Achse des Leidens dreht. Sicher muss die merkwürdige Schönheit dieser Welt irgendwo auf purer Freude ruhen.«, schreibt Louise Bogan. Das ist es. Das glaube ich.
Und irgendwo ist schließlich irgendwo.
Gute 25 Jahre nach meinem ersten Versuch bestehe ich in Hannover eine Aufnahmeprüfung an der »Schule für Clown, Komik und Theater« und schreibe in meiner Abschlussarbeit:

»Statt Lampenfieber, Gestammel und gefürchtetem Blick hinter halber Brille gibt es kladdernasse Unterhemden, Schweißtropfen, die den Hintern runterkullern und Tränen der Rührung. Pippi Langstrumpf hat sich die Strümpfe stramm hochgezogen und ist aufs Parkett gestiefelt. Au ja! Herr Müller macht seine Schublade auf und sieht.... Au ja! Und sieht... und sieht ein Frettchen im Schlafrock, das sich aus seinen Socken beißt. Au ja!
Und wieder durch den Raum rennen und sich einen Platz erobern. Und wieder ein laut gesprungenes »Hier bin ICH!«. Und wieder Getrippel, Gestampfe, Nasenbohren, Flüstern, Schleichen, Surren, Schreien, Springen, Tänzeln, Säuseln, Zaudern, Toben, Tanzen. Jetzt! Hier! Und wieder das Hemd gewechselt und das nasse zum Trocknen in die Sonne gehängt. Mein Gott, dass das alles noch einmal einer von mir will! Ausgerechnet das, wofür ich mich kein bisschen anstrengen muss. Ich werde zum lauernden Raubtier und zum Affen, dessen vornehmste Aufgabe es ist, verrückt zu spielen. Ich gewinne unter den Beifallstürmen meiner Mannschaft

einen Ringkampf, setze mich jubelnd auf die puterrote Lena, werfe siegesbewusst meine Arme in die Luft und zwinkere ihr liebevoll zu. Auf dich ist Verlass, Martina. Küsse und nasse Umarmungen. Das soll eine Prüfung sein? Sich blitzschnell alle Namen merken. Aus dem Stand seine Gruppen zusammentrommeln. Sich auf Kommando hanebüchenen Quatsch ausdenken. Sich freuen und total begeistert bleiben, auch noch bei Atemlosigkeit, lähmendem Muskelkater und totaler Überhitzung. Karla in den Arm nehmen. Sören über die Wange streicheln, weil er hinreißend ist. Für alle Salzstangen besorgen. Am nassen Hemd ziehen, in dem gerade ein Kopf feststeckt. Unter Zeitdruck Geschichten erfinden. Der König hat beschlossen, dich zu begnadigen, wenn die Geschichten nur abstrus genug sind. Münchhausen ist längst beleidigt auf seiner Kanonenkugel nach Hause geflogen und Pippilotta wackelt noch immer vor Begeisterung mit den Ohren. Jetzt Barfuß-Koloraturen im imaginären Seidenschal. Dann die Energie hochkochen, bis die Bude explodiert. In den Trümmern triumphierend dann noch einen draufsetzen. Das hier ist mein erster Kindergeburtstag! Heiligabend im Musikexpress rückwärts. Feuerwerk, Schwitzhütte und Achterbahn. Adrenalin auf Zuckerwatte. Punk im Irrenhaus. Blasmusik mit dem Hochdruckreiniger. Spitzentanz im Sauerkraut.

Szenenwechsel. Eine Reise ins Innere deines Schädels, flach auf dem Rücken. Zum ersten Mal siehst du dich. Nimmst deine Finger wahr, zählst sie, probierst, in wieviele Richtungen sie sich bewegen lassen. Und deine Füße. Es ist ein Wunder. Du entdeckst dein allerserstes Staunen. Deine Neugierde. Und deine Liebe zu der Fluse auf dem Boden. Dann mutterseelenallein auf der Bühne. Uralte Unsicherheit krabbelt am Bein hoch. Eine fette Spinne. Zuviele Blicke.

Gefürchtete Verachtung. Die ausgebeulten Hosenbeine wahrnehmen, versuchen, sie gradezuzuppeln. Es ist Angst. Pure, unvermischte Angst. Aha. Ich denke an Shantam. Martina, was ist JETZT? Weiteratmen. Die eigene Verletzbarkeit so lange aushalten, bis sie deine ganze Zärtlichkeit erweckt. Es gibt keine Welt mehr da draußen. Die Welt, das sind ein Vorhang, ein Stuhl und deine zwei roten ausgebeulten Hosenbeine. Die Zeit löst sich jetzt auf.«

Im Januar 2008 bestehe ich im wahrsten Sinne des Wortes spielend und vor einem vor Begeisterung tobenden Publikum meine Abschlussprüfung in Hannover. Die Frauenrolle, die ich entwickelt und gespielt habe, ist Polly. Eine Verrückte, eine Ungestüme, die voller Wucht auf die Bühne stürzt und verkündet, zum Theater zu gehen und »Königin, verliebt und Schwan zu können!« Es ist unklar, wo Polly sich genau losgerissen hat, aber es ist klar, dass sie nicht aufzuhalten ist. Ihre »Königin« hat ein ausrangiertes Bettlaken um, einen Styroporkranz für einen Euro neunundsechzig auf dem Kopf und vier Teile drauf, die eigentlich in ein Adventsgesteck gehören. Für »verliebt« braucht sie nur eine weiße Doppelkarte und einen Lippenstift. Und für »Schwan« eine weiße Badekappe und Federn, zwei weiße und acht farbig gemischte. Und sie braucht noch drei Musikstücke, die sie selbst mitbringt und dem Techniker während der Aufführung zukommen lässt. Polly hat keinerlei Interesse an Ausstattung. Jede Überlegung daran ist ihr unangenehm Die Beschaffung selbst der spärlichen Utensilien im Grunde lästig. In ihrer Welt geht es einzig darum, sich mit aller Kraft *vorzustellen*, wie eine mächtige Königin sich wohl fühlt, wenn man ihr eine goldene, mit Juwelen und Diamanten gespickte, unbezahlbare Krone aufsetzt. Wie es sein muss, wenn sie ihre Untertanen und andere Monarchen

würdevoll begrüßt. Und wenn sie mitten unter ihnen einen entdeckt, mit dem sie noch ein königliches Hühnchen zu rupfen hat, und der es wagt, der es WAGT, ihr unter die Augen zu treten.
Bei »verliebt« geht es um die pure Vorstellung von Liebe. Es geht ums Schwärmen. Um den Moment der Sprachlosigkeit, wenn man feststellt, dass man tatsächlich gemeint ist. »Er meint MICH! MICH!« Um das brennende Bedürfnis, ihm zu gefallen. Mit welcher Aufregung sich Polly hier die Lippen flächendeckend, weit über die Konturen hinaus, knallrot umrandet. Es geht um das einzigartige, erste Verschmelzen ihrer Münder. Der Schwan interessiert Polly wegen seiner Schönheit, Anmut und Grazie. Er verkörpert den Traum, in die höchsten Ebenen aufzusteigen. Und Träume scheren sich nicht um das Gewicht ihres Träumers. Das weiß Polly. Schwan interessiert sie wegen der verzückten Blicke zum Himmel, die sie allerdings nie lange halten kann, weil sie viel zu sehr damit beschäftigt ist, dem Publikum mit ihren Augen zu sagen: »Ich kann es! Seht her! Schwan! ICH KANN SCHWAN!« Einzig an ihrer Lieblingsstelle vergisst sie alle Grazie und Anmut und brettert los, als müsse sie eine Wand durchbrechen. Beim Abgang ist das Motto: Wucht. Volle Pulle. Die Beine hoch zum schrägen Marsch. Woher auch immer sie gekommen sein mag: Jetzt kennt sie keine Verwandten mehr und ihr Größenwahn nimmt gefährliche Züge an: »Morgen mach ich Trapez!«. Und das alles, »damit die Leute einen in Erinnerung behalten!« Polly kommt tatsächlich aus einem bürgerlichen Leben und sie will sich einfach nicht damit abfinden, dass sie in der Bedeutungslosigkeit verschwinden soll. Das kann sie nicht zulassen! Es wäre schade um ihre gewaltige Vorstellungskraft. Schade um all das, was sie doch zu erzählen hat. Viel zu sehr sehnt sie sich danach, dass »die Leute klatschen wie verrückt!« Polly will brennen.

Was hatte ich mit meinem Stück eigentlich gewollt? Ich wollte menschliche Sehnsüchte zeigen: nach Einfluss, nach Liebe, nach Schönheit, nach Aufstieg in die höchsten Ebenen, nach Bedeutung. Und ich wollte zeigen, dass wir mit unseren Sehnsüchten manchmal ziemlich komisch aussehen. Dass uns das aber *niemals* daran hindern darf, ihnen weiter nachzustreben. Wir sind nie zu arm, um eine Königin zu sein. Nie zu alt für die Liebe. Nie zu schwer, um ins Licht zu fliegen. Und was Schönheit ist, das muss auch noch genauer untersucht werden. Vielleicht ist ja der Inbegriff von Schönheit eine Silikon-Badekappe mit zwei weißen Federn dran. Wer weiß? Für all das steht Polly. Mit ihrem Übergewicht, ihrem Schweiß, ihren Zahnlücken. Mit ihrer Angst, ihrer Wucht, ihrem Größenwahn und ihrer unbändigen Sehnsucht.

»Was für ein Ende einer wunderbaren Ausbildung! Was für eine Etappe auf meinem Lebensweg! Was für ein Spiel! Was für ein Leben! Und was für ein Glückskind ich doch bin! Auf meine alten Tage.«, schrieb ich in der Nacht nach der letzten Aufführung in mein Notizbuch.

Schlusswort

Ich habe den Inhalt meines Rucksackes auf den Boden geschüttet und stehe verblüfft vor einem kostbaren Schatz. Alles, was ich da sehe, jeder Gedanke, jede Emotion, jede Erfahrung meines Lebens, ist Teil des fruchtbaren Bodens, auf dem ich jetzt weiterwachsen kann. Die Frage, wie meine Vergangenheit war, löst bei mir bestenfalls noch ein stilles Lächeln aus. Jetzt geht es darum, lebendig zu werden und die Energie, die aus meinem Leiden heraus geboren ist, wirklich zu spüren. Jetzt ist es Zeit, diese Energie mit meiner unverwüstlichen Freude zu verbinden und sie zu nutzen.

»Und? Wie ist das mit Ihnen? Glauben Sie eigentlich noch an Liebe?«, fragt mich der nette ältere Herr, der täglich mit seinem Dackel durch den Park spaziert. »Ja! Ja, natürlich!«, rufe ich zurück und lache dabei spitzbübisch. »Was anderes wird ohnehin nicht von uns übrig bleiben!« Ich schlendere nach Hause. Ich weiß jetzt, was Gott damals mit mir vorhatte.